あのときの君を

（『ピグマリオンの涙』改題）

阿木慎太郎

祥伝社文庫

目次

第一章

1

小田急線《おだきゅう》のホームから地上階へのエスカレーターはこれまでに見たこともないほど長く、南比奈子《みなみひなこ》はまるで地底から地上に向かう炭鉱のトロッコに乗せられたような気分になった。何年か前に、この下北沢《しもきたざわ》の小田急線の線路が冠水して電車が止まったという報道をテレビで観《み》たことを思い出した。これほど深い地下にあるホームなら出水も仕方がないなと、ぼんやりと考える。

二十年近く昔、比奈子がこの下北沢で暮らしていた頃の小田急線はまだ地上を走っていて、ホームから階段を上がって二階にある改札に出たものだ。改札を出ると左手が南口、右手に降りると北口で、井《い》の頭《かしら》線のホームからだと階段を下ったり上ったり、迷路のように長い通路を歩いて改札に出た。もちろんその頃、エスカレーターなどありはしなかったから、外に出るまでずいぶんと面倒だったのだ。

ゆっくり上昇するエスカレーターが地上に着くと一瞬、比奈子はどっちが北口方面か分からなくなった。表示を確かめ、北口のほうに向かう。上野重蔵《うえのじゅうぞう》との待ち合わせ場所は北口にあるスーパー「ピーコック」前である。腕の時計を確かめると、約束の時間まではまだ十分近くあった。下北沢駅は改築中らしく、通路は臨時のように衝立《ついたて》で仕切られている。北口と思われる改札を出ると小さな公園のような場所に出た。そこは間違いなく北口だったが、下北沢の名所とも言える闇市の名残《なごり》である「駅前食品市場」は消えてなくなっている。だが、銀行やピーコックのあるビルは比奈子が暮らしていた頃のままだった。

まだ約束の時間より早いのに、上野重蔵はもうピーコックの入り口に立っていた。もっとも比奈子には上野重蔵がどんな顔なのかはっきり分かっているわけではなかった。小さなモノクロ写真を何十年も前に廃刊になった映画雑誌で見ていたが、その写真の撮影時の上野重蔵はまだ三十代の終わりか四十代の初めの頃のはずで、計算では、現在の彼はすでに九十歳をとうに過ぎている。

だが、ピーコックの入り口に立つ上野重蔵は九十歳を超えた老人にはとても見えなかった。年寄りであることは間違いないが、せいぜい七十代に見える。それに、古い雑誌の写真の印象から、比奈子は何となく小柄な男を想像していたが、作務衣《さむえ》を着た上野重蔵は大きな男だった。比奈子の身長は百六十四センチだが、上野重蔵はその比奈子より二十センチ以上の背丈があるように思えた。つまり百八十五センチ前後あるということだ。年齢が年齢だから背は若い頃より縮んでいるはずで、昔は百九十センチ近くはあったのだろうか。頭髪はなく、いわゆるスキンヘッド。サングラスを掛けた姿は往年のプロレスラーのような印象を与える。近づいて声を掛けた。

「上野先生でいらっしゃいますか?」

相手は何も言わず、ただじっと比奈子を見下ろしている。間違えたか、と比奈子は周囲に視線を走らせた。ビルに出入りする客は何人かいるが、人を待っているような老人は他にいない。

『あの……上野先生ではございませんか?』

ほう、という顔でやっと相手が口を開いた。

「ああ、やっぱりな。あんたが、記者さんか?」

上野重蔵は滑舌《かつぜつ》が悪く、声もしゃがれていた。

「はい。南比奈子と申します」

バッグから用意してきた名刺を取り出して渡した。名刺には名前と連絡先が印刷されているのみで、出版社の名前は入っていない。それは比奈子が「広栄《こうえい》出版」の社員ではなく契約で記事を書いているだけだからだ。広栄出版では社名入りの名刺を作ると言ってくれていたが、それを断ったのは比奈子のほうだった。

「あんたの名前は知ってるよ。あんたが出てたテレビを観たことがあるんだ。雑誌の映画評も何度か読んだよ」

と、サングラスを外して名刺を見ながら上野重蔵が言った。なるほどと思った。二年ほど前だが、比奈子は何回かテレビに出たことがあるのだ。ただそれはBSの深夜番組で、週に一度、「今週の映画情報」として映画評論家が自分の好きな映画を視聴者に紹介するという短いコーナーだった。もっとも番組そのものは視聴率も取れず、半年ほどで打ち切りになった。

「ありがとうございます」

比奈子は素直に礼を言った。肩書きは一応映画評論家となっているが、それほど一般に名を知られているわけではないのだ。無名にほんのちょっと毛が生《は》えた程度。テレビはともかく、映画評論の記事を読んだというのはお世辞かもしれない。

「で、あんた、時間はあるの？」

「はい。時間はいくらでもあります。今日は先生にお会いするために空けてありますから」

「そうかぁ。だったら、話は俺の部屋でするかい？　喫茶店でもいいんだけど、週末のこいらの喫茶店はどこも混んでいてね、あんまりゆっくり話はできない」

「先生さえよろしければ。私はどこでも構いませんが」

ニヤリと笑って上野重蔵が言った。

「俺の部屋と言ったが、男の一人暮らしの部屋だぞ」

耳元に口を近づけて言った。

「手籠《てご》めにされたらどうする？」

「手籠め……ですか」

思いがけない言葉に、比奈子は唖然《あぜん》として上野重蔵の顔を見上げた。ジョークなのだろうが、それにしても手籠めとは……古い……。たぶん、今の若い人たちはそんな言葉なんか知らないのではないか。

「それは、取りあえず、なしでお願いします」

比奈子もジョークで返した。

「分かった。じゃあ、やっぱり俺の部屋にしよう、そのほうがゆっくり話ができる。ちょっと歩くけどね」

上野重蔵の後ろについて歩き始めた。背丈があるだけでなく、瘦軀《そうく》だが肩幅も広い。杖《つえ》は突いているが、その杖に頼った歩き方ではなく、歩く速度もずいぶん速い。比奈子は自然と後を追う形になった。

「あんた、ここに来たことはあるかい？　下北沢にという意味だが」

後ろを振り返らずに上野重蔵が言う。

「ええ、あります、何度か」

来たことどころか約二年暮らした街だが、そのことは言わなかった。

「そうだろうな、若者に人気の街だからな」

　週末の午後三時過ぎの下北沢はやはり人で賑《にぎ》わっている。上野重蔵が言う通り、ほとんどが若者たちだ。女性の姿が圧倒的に多い。

「まったく、年寄りが住みにくい街になりやがった」

　追いかけるようにして尋ねた。

「もう下北沢には長いのですか？」

「ああ。長いな。終戦からだ」

「終戦ですか」

　この表現も古い。終戦という言葉だって手籠めと同じでピンと来ない言葉かもしれない。そもそも現代の若い人たちは、私と同じで戦争を知らないのだ。

「あんた、今の下北沢しか知らんだろうが、昔はこんな街じゃあなかったからな。よくテレビかなんかで下北沢の特集みたいな番組があるだろ？　あれで、下北沢は演劇の街とか五、六年住んだことがあるぐらいの若いのが訳知り顔で言っているけど、それは最近の話で、本多《ほんだ》何とかいう芝居小屋ができてからのことだ。昔の下北沢は、間違いなく映画の街だったよ」

「映画の、ですか」

「そう、映画。あんた、知らんだろう、ここには映画館が、一番多い時には三館か四館あったんだからな」

「映画館が、ですか?」

「ああ、映画館。一番古いのが、そうだなぁ、戦後すぐにできた新映座《しんえいざ》といったかな。本通り、今は一番街というのかな、あれを南口のほうへ踏切を渡った左手にあったやつだ。今はスポーツジムかなんかになっている所だ。その後オデヲン座っていう洋画の系統になって、名前が変わった。それからグリーン座が今のみずほ銀行の裏にできた。こいつは大映《だいえい》の映画をやっていた。南口にも北沢エトワールというのができて、ここでは新東宝《しんとうほう》のやつをやっていた。阿部豊《あべゆたか》の『戦艦大和《せんかんやまと》』とかな」

昔、住んでいても、下北沢に映画館が何館もあったということを比奈子は知らなかった。映画の街、というのも初耳だった。この話は正直、驚きだった。地方の人でも知っている下北沢という街は東京でも選《よ》りすぐりの人気スポットだが、街そのものはとても小さい。小さいだけでなく極めて特殊な街なのだ。まず駅前に広場というものがない。バスの発着するロータリーもなければ、客待ちするタクシーが停まる場所もない。駅を降りたら南口も北口もそのまま小道だ。大型車は入れない路地のような小道がただあるだけの街。そこに若者を中心とした驚くほどの人が集まってくる。いわゆる路地文化の発信地として人気がある街なのだ。だが、戦後に今のように人々が集まって来たとは、ちょっと考えにくい。映画を観る客がこの小さな街にどれほどいたのか。映画を観たい人たちは渋谷《しぶや》や新《しん》宿《じゅく》に出ればいい。どちらも大都会で、この下北沢から十分や十五分電車に乗れば行ける距離なのだ。

上野重蔵が続けた。

「映画館だけじゃあない。映画人の街でもあったな。なにせ、小田急線では祖師ヶ谷大蔵《そしやおおくら》には新東宝があって、その先の成城学園前《せいじょうがくえんまえ》には東宝の撮影所があったからね。井の頭線、戦前は帝都線《ていと》と言ったが、明大前《めいだいまえ》で京王線《けいおう》に乗り換えれば、こいつはずっと後だが、布田《ふだ》に日活《にっかつ》の撮影所もできたから、映画関係者もずいぶん住んでいた。監督やら俳優だとかな。監督では、そうだな、豊田四郎《とよだしろう》、松林宗恵《まつばやししゅうえ》、杉江敏男《すぎえとしお》、内川清一郎《うちかわせいいちろう》、斎藤寅次郎《さいとうとらじろう》……いや、斎藤寅さんは梅《うめ》ヶ丘《おか》だったか。俳優は、野上千鶴子《のがみちづこ》、千石規子《せんごくのりこ》、まだいたな……ずっと後になってからだが、日活の宍戸錠《ししどじょう》もたしか大原《おおはら》にいたと思うよ。南口には……」

今の若い人たちにはまったく分からない映画人の名前かもしれない。四十歳になったばかりの比奈子は商売柄ほとんどの人の名を知ってたが、おそらく同世代でも分からない人が少なくないだろう。もっと若い人なら尚更だ。

上野重蔵が立ち止まって言った。

「……ここが、昔、東宝寮があったところだよ」

右手のビルにはカフェや商店が入っている。

「東宝寮？」

「ああ、東宝の寮、まあ、言ってみれば社宅かな。戦地から引き揚げてきて住むところがない社員なんかが入っていたんだ。アメリカから引き揚げてきた有名なカメラマンの三村《みむら》さん、ああ、三村明《あきら》のことだがね、あの人の家族も一時ここにいたんじゃなかったかな。みんな焼け出されて住む所がなかったからな」

恥ずかしいことに、比奈子はカメラマンの名前までは知らなかった。後で携帯で調べてみよう。

古い商店街を五、六分ほど歩いた。比奈子の知らない新しい店がずいぶん増えている。逆にあったはずの店がなくなっていたりした。

四つ角に出た。左に曲がれば井の頭線の西口に出る。曲がったすぐのところに、たしかバレーボールで有名な女子校があったはずだ。

「もうすぐだよ」

以前、比奈子が暮らしていたアパートはもっと駅に近いところで、この四つ角から先の住宅地は足を踏み入れたことがなかった。たしかここから先は北沢ではなく、大原という地域になるはずだ。

しばらく進み、また路地を曲がった。車が入れないような狭い道だった。

「ここだよ」

上野重蔵が暮らしているのは二階建ての古いアパートだった。一階と二階に四世帯ずつ。ただ古いだけではなく、建て替えられなかったのが不思議に思えるほどの安普請《やすぶしん》。かつては映画プロデューサーとして「巨人」と言われていた上野重蔵の、これが終《つい》の棲家《すみか》……。比奈子は胸の詰まる思いで鉄製の外階段を上る上野重蔵の少し曲がった背中を追って後に続いた。

「さあ、上がって、上がって」

小津安二郎《おづやすじろう》の映画に出てくるようなアパートの部屋だ。今もこんなアパートがあること自体驚きだった。狭い三和土《たたき》にゴムのサンダルを脱いだ上野重蔵がリビングに立ち、笑顔で言った。

「失礼します」

胸の思いを悟られぬように、比奈子も板の間に上がって脱いだローヒールを揃《そろ》えた。入った所は台所兼ダイニングで、その先にもう一間、畳の部屋が続いている。畳の部屋には座卓が一つと古い小さなテレビ。サッシの大きめの窓には色あせたカーテンがかかっている。

「あっちよりここのほうがいいだろう。座るのが大変だろう、若い人には」

と、上野重蔵が二脚あるテーブルセットの椅子《いす》の一つを引いて勧めた。

「ありがとうございます」

「まあ、ゆっくりしなさい、今、コーヒーでも淹《い》れるから」

「いえ、どうかお構いなく」

「いや、俺が飲みたいんだ。あんた、コーヒーは嫌いか？」

「いえ、嫌いではありませんが」

「どうせインスタントに毛の生えたようなもんだ。不味《まず》いと思ったら残せばいいから」

と言って薬缶《やかん》に水道の水を入れ、ガス台に向かった。

建物も部屋も目を覆いたくなるほど古く傷《いた》んでいたが、室内は男の一人暮らしとは思えないほど片付いていた。シンクの周辺も綺麗《きれい》で、調理の道具すら見えない。奥の和室も座卓には何も載っていない。普通は新聞紙や雑誌などが散らばっているものだが……。

「……綺麗にされているのですね……」

「散らかす相手がいないからな」

「……ご家族は……いらっしゃらないんですね」

「いない。女はうんといたが、女房はいなかったしなぁ。だから子供もいない」

と笑って言うと、窺《うかが》うような目で訊《き》いてきた。

「煙草《たばこ》吸ってもいいかな」

「ええ、どうぞ。私もときどき吸いますから」

「助かった。今の人は嫌がるのが多いんでね」

灰皿を取り出してマルボロと百円ライターを食卓に置いた。

「あんたも良かったらどうぞ」

「今は結構です」

比奈子は手にして来た菓子折をテーブルに置いて言った。

「つまらないものですけど。クッキーです」

広栄出版の出版部長である後藤《ごとう》が気をきかせて用意してくれたものだった。

「クッキーか……弱ったな……」

上野重蔵が苦笑いで言った。

「甘い物はお嫌いですか？」

「まあな。甘い物だけじゃなくて、物はほとんど食わんのだ」

「お食事は……」

「食わんよ、何も」

と笑って、

「まあ、何も食わんと死んじまうから、栄養は流動食でまかなっている」

「流動食ですか」

「ああ、酒だよ」

「お酒……」

「なんせ、ほら、歯がないからな。入れ歯が合わんので、どのみち固いものは食えん」

上野重蔵は、入れ歯をわざわざ外して見せた。なるほど、それで妙に歯が白いのだ。醜《しゅう》悪《あく》になると思ったが、その顔は入れ歯を外すと可愛《かわい》らしいものになった。

「味噌《みそ》だけは食う。味噌を舐《な》めて酒を飲む。それだけで人間は生きられる。ただし、酒は日本酒だ。日本酒は栄養があるからな」

どうりで調理道具が見えないわけだ、と思った。

「だからね、今度来る時は、どうせならクッキーなんかじゃなくて酒にしてくれんか。酒は上等の物じゃなくていい。もっとも、もうここに来ることはないのかもしれんが」

湯が沸くと椅子から腰を上げ、上野重蔵は手早くマグカップと湯呑《ゆのみ》の上にコーヒー粉の入ったドリップバッグを載せた。上から湯を注ぎ、抽出するタイプのものだ。コーヒーが入ると、マグカップのほうを比奈子の前に置いた。

「不味かったら飲まんでいいよ。気を遣《つか》わんでいいから」

「いえ、いただきます」

一口飲むと、意外なことに美味《おい》しかった。喫茶店のコーヒーと比較しても遜色《そんしょく》ない味だ。

「美味しいです」

「無理せんでいい。そうだ、良かったらこのクッキー、ここであんたが食ってくれんか。

持って帰ってもらうのも失礼だよな」

　と包装紙を乱暴に破り、クッキーの箱をそのまま比奈子の前に滑《すべ》らせて寄越《よこ》した。

「いただきます」

　比奈子が素直にクッキーの箱を開けると、上野重蔵が訊いてきた。

「ところで、あんた、何で俺の所に来たんだ？　昔の映画に関するインタビューって言ったって、面白くもないだろう。だいたい、今時、俺のことを知っている読者なんていねぇぞ」

　予期していた問いなので返事は簡単だった。

「ご存じかどうか知りませんが、『映画世界』は映画雑誌の中でも、専門性がとても高いのです。部数は少ないのですが、売れ行きに変動がなくて、間違いなく一定数のファンがついているという、そんな雑誌なんです。今、先生はご自分のお名前を知っている読者なんかいないだろうとおっしゃいましたが、そんなことはありませんよ。だって、私は今、四十歳ですが、私自身がどうしても先生のお話を伺《うかが》いたいと思ったのですから。うちの雑誌の購読者は、年齢層も高いですから、私と同じ気持ちの読者は大勢いると思いますよ」

「へぇー、そうかね」

「先刻の下北沢が映画の街だったたっていうお話も、知っている方はそういないですよ。もの凄《すご》く貴重なお話だったと思っています。そのことだけでも良い記事が作れそうです。当時の下北沢を知っている人は、もうそんなに多くないでしょうし、生の記憶のお話を伺えたら、読者も喜ぶと、私はそう思います」

「確かにな、あの頃ここにいた奴らはみんな死んじまった……いろんな奴がいたんだけどな」

上野重蔵の目が何かを思い出すように宙を見つめる。比奈子は続けた。

「これから昔先生がお作りになった作品の思い出などをお訊きしたいと思っています。ただ、ご存じかもしれませんが、昔の映画って、実は保存されていないんです。一般の方たちは、旧《ふる》い映画は映画会社がすべて保存してあると思っているようですが……伝聞や書籍の記録なんかで情報を手に入れても、実物はなくなってしまっている、もう実際に観ることはできない、そんな作品がほとんどなんです。フィルムライブラリーに保存されていると言っても、それはほんの一部。そんな現状ですから、当時のことを生の言葉で聴けるというチャンスはとても貴重なんです。上野先生に伺いたいことは山のようにありますよ」

上野重蔵は笑って湯呑のコーヒーを啜《すす》った。

「へー、そうかね。まあ、古い写真なんて、確かに残ってねぇんだろうなぁ。で、山のような質問の中で、何が一番訊きたいんだ？」

写真……またしても古い表現だ。活動写真の「写真」、つまり映画のことだ。

「そうですね……まず、先生が一番お好きな映画。ご自身が製作された映画の中で。この質問から始めるのはどうですか？　読者が一番知りたいのは、やっぱり映画の話ですから」

「一番好きな映画か」

「ええ、お好きな映画。世間の評価は関係なく、たとえご自身で出来が悪いと思われていても、それでも先生が一番お好きな映画。ご自身の、忘れられない映画。そういう記憶に残っている作品はございますか？」

　考える間を置かずに答えが返ってきた。

「『スター誕生』」

「いえ、ですから、ご自分が製作された映画の中で、ということで」

「だから、『スター誕生』」

　比奈子が苦笑して言った。

「『スター誕生』は洋画じゃないですか」

　レディー・ガガがやった『アリー』と言おうとして、この世代の方では、と考えて言い直した。

「バーブラ・ストライサンドの。ああ、昔のはジュディ・ガーランドとジェームズ・メイソンでしたか」

「違うな」

「え?」

「あんた……知らないんだな。『スター誕生』は日本にもあった作品だ。それも二本。一本は江利《えり》チエミ主演で公開されている。俺が言っているのはもう一本の古いほうだよ」

どちらも記憶になかった。もちろん映画関係の仕事をしてきても、邦画や洋画のタイトルをすべて記憶しているわけではない。それでも普通の映画ファンよりも知識はあると自負はしている。だが、そんな比奈子にも『スター誕生』というタイトルの作品が日本に存在しているという知識はなかった。怪訝《けげん》な顔で訊き返した。

「……本当ですか? 聞いたことがありませんが」

コーヒーを音を立てて飲んで、上野重蔵が言った。

「まあ、あんたが知らんでも無理はない。どっちも古い写真だし、俺の言ってるやつはそもそも公開されんかったからな」

「未公開の作品ですか」

「ああ。完成はしていたがね」

「聞いたことがありません」

「今ではもう誰も知らんかなぁ。関係者もほとんどみんな死んでしまったからね。生きているのは俺くらいのもんか」

「公開はされなかった、とおっしゃいましたね?」

と、もう一度、比奈子は確かめた。

「公開されなかったというのは……何か特別の事情があったのでしょうか」

「ああ、そういうことだね」

「その事情は、伺えませんか？」

「作ったのが失敗だったと分かったからさ」

「満足のいく作品にならなかったということですか？」

上野重蔵が微笑《ほほえ》むように言った。

「いや、出来が良すぎた。いい写真だったよ」

当然だが、事情を訊きたかった。

「配給会社とのトラブルがあったのでしょうか」

「いや、トラブルはなかった。公開をやめたのはこちらの事情だ。製作資金はたまたますべて上野事務所が出していたから揉《も》めようがなかった。もっとも公開中止が突然だったから、配給会社なんかにそれなりの賠償はしたがね」

「では、他の事情で？」

「まあ、その話はおいおいしよう、いつかね。インタビューののっけからあまり良い話でもないだろう」

「それはそうですが」

「何か他のことを訊いてくれ。たとえば、一番の駄作とか」

　苦笑して尋ねた。

「一番嫌いな映画ということですか」

「そう」

「ちなみに、何ですか?」

「『ゆれる乳房』」

「え?」

「知らないのか? もの凄く入ったよ」

「ポルノですね」

「ああ、俺の作った映画。この世であれほど酷《ひど》い映画は観たことがない。下品の極みだ。まあ、極みなんだから、それはそれで大したものかもしれんが。付け足すと、監督も俺だ」

　上野重蔵は入れ歯の音を立てて笑ってみせた。

2

　後藤明《あきら》は比奈子の半分飲んだコーヒーが冷めた頃にやって来た。

「待たせちゃったね、悪い、悪い」

と、後藤は店員にカレーを頼み、煙草を取り出した。

「ここはもう禁煙ですよ」

比奈子がそう注意すると、後藤は恨《うら》めしげに唸《うな》った。

「そうだった。まったく嫌な時代になったな」

以前はコーヒーの香りではなく紫煙《しえん》で曇《くも》っていたような店だったのだから、後藤がぼやくのも無理はない。東京だけでなく、日本中が愛煙家にとっては過酷な時代に様変わりしている。

「お昼、まだなんですか？」

「食う間がなかった」

後藤明は広栄出版の出版部長をしている。今年の四月に編集長から出版部長に昇格し、同時に役員待遇になった。後藤は諦《あきら》めて煙草をポケットにしまって言った。

「やっぱり生きていたんだな。それにしても驚いたなぁ」

そもそも上野重蔵が生きているかもしれないという情報をくれたのは後藤である。

「お元気でしたよ。話すこともしっかりしていたし」

「凄いな、だって九十過ぎだろう？」

「ちょっと耳は遠い感じだったけど、あまりお年寄りという感じじゃなかった。手籠めにされそうになったし」

会ったとたんに、手籠めにされたらどうする？　と笑った上野重蔵の言葉を思い出して言った。

「手籠め？」

「ジョークよ」

「手籠めとは、なんとも表現も凄いな」

と後藤は笑った。

あっという間にカレーが運ばれてきた。皿に盛ったご飯の上にただ乱暴にカレーを掛けただけ。傍《かたわ》らの小さなガラスの皿にはお情けばかりの生野菜が付いている。それにしても……と比奈子は思う。後藤はどうしていつもカレーばかり食べるのか。この喫茶店のカレーは蕎麦《そば》屋のカレーよりも不味いのに。いや、カレーに限らない。このお店で出て来るものはみんな不味い。コーヒーは二、三日前にドリップしたような味だし、ケーキのスポンジはいつも干《ひ》からびたように水分がなくなっている。

「で、どうなんだ、いけそうか？」

比奈子はカレーをむさぼるように口に入れる後藤に呆《あき》れながら、上野重蔵とのやりとりを話して聞かせた。

「『スター誕生』？　なんだ、そりゃあ。そんな映画は日本にはないがな。やっぱり惚《ぼ》けてるんじゃないか？」

「それがあるの。一九六三年の江利チエミ主演のと、未公開の上野重蔵が製作したものと」

「ほう、そいつは知らなかったなぁ。未公開のやつもあるのか」

「そっちは何年の製作？」

「一九六一年」

後藤はこと映画に関しては比奈子よりも詳しい。長年映画雑誌の編集に携わってきたのだから当たり前だが、広栄出版に勤める前から日本映画だけでなく洋画に関しても誰よりも詳しかった。亡くなった父親が高名な映画評論家だったこともあり、知識だけでなく家には資料も多い。この後藤はＫ大の二年先輩で、比奈子の映画の知識のほとんどは彼から教えられたものだ。比奈子が映画研究会に入った時、後藤は三年生だったが研究会の会長でもあったのだ。

「それじゃあ、なんで公開されなかったんだ？」

ほとんど嚙《か》まずにカレーを食べ終えた後藤が言った。当然の疑問である。

「訊いたんだけど事情は教えてくれなかった」

「製作年度は、昭和だと何年だったっけ？」

「昭和三十六年」

「うーん……」

「アーカイブでも調べてみたんだけどね。どこにも記録はないの」

「監督は？　監督は分かっている？」

「篠山亮介《しのやまりようすけ》」

「へぇー、巨匠じゃないか」

　後藤が続けた。

「だけど、不思議だな。どうして製作を中止したのか……」

「製作中止ではなくて、撮影も編集も終わってから、公開だけ取りやめたって言っていたけど」

「なるほどな。分かった、そいつは俺が調べてみる……そういえば、上野重蔵はその昭和三十六年あたりから映画界からいったん消えているんだよ」

「ええ、そうよね。それは知ってる」

　後藤と比奈子が、そもそも上野重蔵という製作者に興味を抱いたのはそこだった。映画界の巨人と謳《うた》われた上野重蔵は昭和三十六、七年頃にいったん映画界から姿を消している。再び現れたのは昭和四十年になってからだった。この再登場が映画人と映画ファンたちにある種の衝撃を与えていた。

　上野重蔵は、文芸作品の映画プロデューサーとして頂点に立つ存在だったからだ。幾多の映画賞を手中にし、製作費も自らのプロダクションから出資する、名前だけでない本物の映画製作者であった。一度消えたこの偉大な製作者が映画界に再登場したのは、なんとポルノ映画の製作者としてだったのだ。

当時、上野重蔵が映画を作ると言えば、どんな監督もどんな大スターも、どんな脚本家やカメラマンも馳《は》せ参じるほどの大物プロデューサーだったから、「なんでポルノを製作し始めたのか……上野は気がふれた」と周囲は唖然とした。映画人でなくとも、映画に詳しいファンたちもこれには仰天《ぎょうてん》したはずだ。そして五年ほどでこの巨人の名は再び映画界から消え、それきり二度とその名が表舞台に登場することはなかった。

「上野重蔵が映画界から消えていたのが昭和三十七年から昭和四十年なら、その期間は約三年ということよね」

「ああ、そうだな。その三年間にいったい何があったかだな」

今回のインタビューの要《かなめ》はここだった。長期の入院を必要とする病気になったのか……あるいはもっと違う事情があったのか。もっとも、その出来事は一番訊きにくい内容でもある。プライバシーに関する質問になるかもしれないのだ。インタビューの冒頭でこの話を進めれば、そこで拒絶に遭《あ》うかもしれない。訊き出すとしても、それは気心が通じた関係になってからだろう。

後藤がまた煙草を取り出して言った。

「話が面白そうだったら、この記事、連載にしてもいいぞ」

禁煙ということを思い出したのか、取り出した煙草をポケットにしまう。

「そうね、ありがとう」

後藤が編集長を兼任する『映画世界』は月刊誌だ。読者は知識が豊富で、スターのグラビア写真に喜ぶ人たちではない。他の芸能雑誌などとは違い、上野重蔵の名前を覚えている読者も相当数いるはずだ。そもそも資料性が高い雑誌だから、上野重蔵の生の記憶の価値は高い。一回のインタビュー記事だけではもったいないと、最初から比奈子は考えていた。

「ところで……比奈子、健一《けんいち》の命日、来月だろう。今年はどうする？　山根《やまね》たちがまた行くと言ってるんだが」

「お天気だったら……私もまた連れて行ってもらいたいな、と思ってる」

「そうだな、俺のほうも予定に入れとこう」

「ありがとう」

恋人だった松野《まつの》健一が死んでからもう十八年……。去年の命日にはそれまでのように鎌《かま》倉《くら》霊園にある彼のお墓には参らずに、後藤と昔の仲間たち数人に交じって比奈子も事故現場に近い江《え》の島《しま》まで行って花束を置いて来たのだった。

松野健一とはＫ大の同級生で、学部は違ったが同じ映画研究会の仲間として知り合った。サーフィンが趣味ということだけは比奈子と違ったが、映画や食べ物、他の好みもほとんどが同じだった。比奈子は新潟から上京してK大に入った。だからいつも自分は田舎者《いなかもの》だという意識から逃れられずにいたが、東京で生まれて東京で育った健一は、

「へぇー、比奈ちゃんでもそんなコンプレックスがあるんだ。面白いな、比奈ちゃんはコンプレックスとは無縁な人間だと思っていたけどな」

と笑ったものだった。

「そんなことない。本当は知らないことばかりなんだって、東京に出て来るまで気が付かなかっただけ」

「なるほどな。知識が増えると知らないことが増えるってことか」

とまた笑った。思い出せば、松野健一はいつも笑ってばかりいる男だった。自分が明るいとは程遠い性格だと自覚していた比奈子は、彼のそんな屈託《くったく》ない明るさに惹《ひ》かれた。

「比奈ちゃんの郷里の新潟って、そんなに田舎なのか。俺の印象だとそこそこ都会って気がしてたけどなぁ」

「新潟市は、そう。新潟市は田舎じゃないけど、私の郷里は新潟って言っても佐渡《さど》だもの」

「佐渡って、佐渡ヶ島のことか？」

「そう。佐渡の相川《あいかわ》」

「知ってるよ、ほら、金山のあるところだろ？　行ってみたいなぁ。比奈ちゃんはコンプレックス感じちゃうのかもしれないけど、憧《あこが》れるな。山があって、海があるんだろ、しかも山は金山とくれば最高じゃん」

そう言って、また笑った。

「いつか連れて行けよ。その代わり、東京は全部俺が案内してやるからさ」

東京のことはみんな教えてくれたが、佐渡には一緒に行けずに彼は死んだ。大した波でもなかった湘南《しょうなん》の海で。

「……行くわ、雨でも。山根さんたちにそう伝えて」

と比奈子は冷たくなったコーヒーを口にして、そう言い直した。

3

上野重蔵の二度目のインタビューは彼が風邪をひいたということで、二週間後、前回と同じ土曜日になった。今回もまた上野重蔵が、

「土曜はガキどもが多くてどこの喫茶店も長話はできんからな」

と言ったことで、場所も同じく彼のアパートということになっていた。前回、念を押されていたから、手土産《てみやげ》を持って行くならば菓子ではなく日本酒でなければならない。今度

は下北沢の酒屋で日本酒の一升瓶を一本買った。比奈子の懐《ふところ》具合を知っている後藤は、

「領収書をもらって来いよ、経費はうちでもつから」

と言ってくれていた。この配慮はありがたかった。だから費用の心配もなく、新潟の「越乃寒梅《こしのかんばい》」の特撰というけっこう値の張る日本酒を買った。

アパートの階段の下までわざわざ迎えに出てくれていた上野重蔵は、日本酒の一升瓶を手にする比奈子を見て相好《そうごう》を崩した。

「ほう、覚えていてくれたんだな、ありがたや、ありがたや」

とまずは大きな手で一升瓶を受け取り、比奈子を追い立てるようにして軋《きし》む鉄階段を上がった。今日も作務衣姿の上野重蔵はとても元気そうだった。

「お元気そうですね。安心しました」

「元気、元気。風邪も治ったから心配ない。もうつらないからな、安心していいぞ」

部屋に入り、一升瓶を食卓に置くと、比奈子のために早速コーヒーの湯を沸かし始めた。前回と違い今日はマグカップを一つしか用意しない。

「悪いが、俺はこいつをいただく」

と笑顔で言って一升瓶を手に取り、歯のない口に入れ歯を嵌《は》めた。この前も思ったが、装着した歯はやけに白く、すぐに義歯だと分かる。安物の義歯なのだ。

淹れてくれたコーヒーはこの前と同じドリップバッグだが、今日もびっくりするほど美

味しかった。一方、上野重蔵は、

「こういう上等な酒はしばらく飲んだことがないな。高かっただろう」

と言い、入れ歯をむき出して笑った。歯のない顔に馴染《なじ》んでいた比奈子は、突然飛び出したやけに白い義歯に、何だか嚙みつかれそうな気がした。

「大丈夫です。広栄出版の経費で落としてくれるそうですから」

と、比奈子も笑った。上野重蔵がなぜ合わないという入れ歯を装着したのかはすぐ分かった。越乃寒梅をグラスに注ぐと、シンクの上の戸棚から取り出したのは煮干しの袋だった。その煮干しを一つ、頭から口の中に放り込んで言った。

「あんた、コーヒーでいいのか？　なんなら一緒にこいつをやるかい？」

「いえ、私はコーヒーで」

酒が入った上野重蔵は上機嫌で、前回にもまして饒舌《じょうぜつ》になった。

「なんだな、若い娘さんがいてくれると、酒も一段と旨《うま》くなるなぁ」

「どなたかと飲まれることはないのですか？」

と訊いてみた。

「ないね。飲み仲間はみんなもうあの世だ」

それも無理はない、と比奈子は思った。なにせ九十歳を過ぎた老人なのだ。平均寿命が延びて九十歳を超える人たちも増えたが、だからと言って酒を食事代わりにする老人はいないだろう。そもそも寝たきり老人がいくら増えても、それは寿命が延びたとは言えないのではないかと比奈子は思う。何でも食べられて、人間らしく生きられてこその寿命だ。そういう目で見れば、上野重蔵は間違いなく長寿を大いに享受しているように見える。

「さあ、訊きたいことは何でも訊けよ、どんなことでも教えてやるから」

訊きたいことは山ほどある。だが、打ち解けるまでは切り出せない質問もある。前回、話の途中になった『スター誕生』について訊きたかったが、当たり障《さわ》りのない話題から始めた。

「そうですね……まず、お生まれは、どこなのですか？」

「東京。この近くだよ、笹塚《ささづか》だ、京王線の」

ちょっと意外な気がした。作務衣を着た禿頭《とくとう》の巨人は、何となく東京人には見えない。ただ、確かに言葉には訛《なま》りはなかった。

「笹塚ですか」

「ああ、ここから歩いて十分で行ける。もっとももう生家はなくなっているけどな」

「ご家族はいらっしゃらないと伺いましたけど、ご親戚とかもいらっしゃらないのですか？」

「いるよ。兄貴の家族が笹塚じゃあないが、どこかにいる。どこにいるのかは知らんがね。付き合いがないんだ」

入れ歯のお陰で前回よりも話が聞きとりやすくなっている。その代わりに入れ歯が合っていないせいか、口を開くたびにカタカタという音がした。

「あんた、笹塚に行ったことがあるかい？」

下北沢に暮らしたことはあっても笹塚には行ったことがなかった。だが、だいたいの位置は分かる。確かに上野重蔵のこのアパートからなら笹塚は近いし、隣の駅の代田橋《だいたばし》にも歩いて行けるはずだった。

「俺の実家は終戦の後まで笹塚の甲州《こうしゅう》街道沿いで小さな自動車の修理屋をやっていてな。自動車と言っても実際はオート三輪ばかりだったが。オート三輪って、知ってるかい？」

「いえ」

「名前の通り四輪ではなくて、タイヤが三つ。三輪車のでかいやつだと思えばいい。座席やハンドルも自転車みたいでな、荷台もあって結構便利な乗り物だった」

「知りませんでした」

「なんであんなに便利な乗り物がなくなったのか理解できんよ」

と上野重蔵は白い義歯を見せて笑った。

「小さいころから親父の仕事を見ていたから、そのうち俺もエンジンやらなんだかんだ分かるようになってね、自動車修理だけじゃなくて、機械のことに詳しくなった」

「それって、映画界とはまったく関係がありませんよね」

「ああ、ないな。ただな、すぐ近くに映画館が一つあったんだ」

「映画館ですか」

「ああ、笹塚館というのが戦後まであった。なにせすぐ傍《そば》だから子供のころからその映画館に通いつめた。そうそう、戦後だが、その笹塚館ですごいことをやってくれてな、なんと入場料が二円九十九銭という時期があったんだ」

「二円九十九銭というのは……」

「バカ安ということだよ。当時、映画の入場料はたぶん四十円か五十円くらいしたはずだ。だから信じられないくらい安い入場料だった。そんなバカ安の値段にしたのは、三円から税金がかかるからっていうんで、それならばと、館主がやけになって二円九十九銭にしたんじゃないかな。もっとも実際には三円出しても一銭のおつりはくれなかったけどね」

と、また上野重蔵は笑って煙草を取り出した。今日は比奈子に断らずに百円ライターで火を点《つ》ける。

「そこでは洋画もやったし、いろんな映画を観たな。エノケンの写真とか、洋画じゃあ『レベッカ』とかね。だからオート三輪の修理も覚えたけど、子供のころから映画を観て大きくなった。まったく映画と関係がなかったわけでもないんだ」

「上野先生は……たしかK大でしたね？」

「大学かい？」

「はい。私の先輩だと思っているんですが……違ってますか」

資料ではK大卒となっていたのを思い出して尋ねた。

「残念だが違うな。そうかい、あんた、K大を出ているのか。俺はきみのライバルだよ。俺がいたのはW大だ。もっとも中退だがね」

「戦争には行かれたのですか？」

「行った、行った」

「学徒出陣ですか？」

「中退じゃなかったらそうなるところだが、違うんだ。実は学生時代に馬鹿なことをしてな、赤に染まって、ちょっと暴れた」

「赤って……共産主義ですか」

「そうそう。誰でも罹《かか》る麻疹《はしか》みたいなもんだ。思想なんて高尚なものは持っていなかったが、なんとなく友達に誘われれば、そんなものかと思って、いろいろやった。一時ちょっとした運動に加わったりした。まあ、面白半分だな。まったく馬鹿の見本のようなもんだが、それで大学にいられなくなって、家からも勘当食らって、あげく日本にもいられなくなった」

「凄いですね、日本にいられなくなるなんて」

「そうかね。あんたは？　あんたはどうなんだ？　あんたの時代にも学生運動は盛んだったんだろう？」

「いいえ、私の時代にはもう学生運動もなくなっていました」

　と比奈子は苦笑した。

「それで、日本を出られてどうされたのですか？」

「満州《まんしゅう》に行った。先輩でやっぱり俺みたいに満州に逃げ出した奴がいて、そいつが呼んでくれたんだ」

「満州ですか……」

「満州国のことは知っているか？」

「いえ、知りません」

　比奈子は正直に答えた。もちろん台湾、朝鮮などを戦前の日本が植民地として統治していたことは知っている。だが、それを話題にできるほどの知識が比奈子にはなかった。

「まあ、いい。とにかく満州に行った。当時、満州は独立国だったが、日本が傀儡《かいらい》政権を作っていた国でな、ある意味、凄いところだった。何が凄いか分かるかい？　たった十三年しか存在しない国だったが、何から何まで人工の国家だったということだよ。普通、国というのは自然と民が集まってできるものだが、満州は自然に発展してできた国ではなくて、最初から意図してつくられた国だということだな。五族協和《ごぞくきようわ》とか言ってな。俺はそこにある満映《まんえい》というところに入った。映画会社だよ」

満映ならばいくらか知識があった。満洲映画協会と言い、そこでも日本の映画を製作していたのだ。満鉄《まんてつ》もそうだが、満州を代表する日本企業だったのだろう。

「まあ、とにかく満映という映画会社に入った。満州の映画会社なんか田舎の小さな会社だと思ったら大間違いだよ。これがとてつもなくでかくてな。撮影所は当時の日本の映画会社なんか及びもつかないくらい近代的なもんだった。スターだっていたよ。李香蘭《りこうらん》。日本名は山口淑子《やまぐちよしこ》。これなら知っているだろう？」

「ええ、存じています」

山口淑子の『支那《しな》の夜』はアーカイブで観たことがあった。長谷川一夫《はせがわかずお》との共演で、主題歌の『蘇州夜曲《そしゆうやきよく》』も大ヒットしたはずだ。李香蘭こと山口淑子は中国だけでなく日本でも人気の大スターだったのだ。戦後、女優を辞めてからは国会議員になっていたのではなかったか。

「もっと凄いのもいたよ。驚いたことは、俺が入ったころの理事長というのが実は甘粕《あまかす》という人物でな、この人が二代目の理事長だったことさ。甘粕正彦《まさひこ》は知っているか？」

「ええ、知っています。無政府主義者の大杉栄《おおすぎさかえ》を殺した人ですよね」

「ほう、知っていたか。そう、元憲兵大尉だった人物だ。本当に大杉栄を殺したのかどうかは分からんが、鬼のような凶漢と一般には思われていた。なにせ大杉栄だけじゃなくて、その愛人の伊藤野枝《いとうのえ》と小さな子供まで惨殺した憲兵だって知られていた有名な男だからね。それだけじゃあない。ほら、満州国皇帝になった溥儀《ふぎ》を天津《てんしん》からこっそり満州まで連れて来たのも甘粕氏だ。そんな問題の男が、なぜか当時は満映の理事長をしていたわけだ。この人物が実際には面白い人で、日本で問題を起こした人間をみんな引き受けて会社に入れた。だから俺みたいに日本を逃げ出した若造でも入社できた。それだけじゃあない。この甘粕という人物はなぜかやたら軍に強くてな。軍というのは当時満州にいた関東軍のことだが、満映に入るとけっこう徴兵されずに済んだんだ。子供が生まれたばかりとか、親一人子一人とか、事情があると甘粕氏が軍と掛け合って徴兵を延ばしてもらったりしてくれた。もっとも最後のほうになるとそうもいかなかったが、徴兵されても関東軍ではかなり優遇はされたと思うな」

「優遇って、どんなことですか？」

「考えてごらん。俺のように赤に染まった者が入隊すればどんな運命が待っているかだ。思想的に問題があれば徹底的にやられる。それこそ最前線へやられちまう。だが、満映の甘粕理事長のところから徴兵されたらそんなことはなかった。満映から来たのか、ってことでな。とにかく甘粕理事長は関東軍にやたらと強いんだ。当時の満州では関東軍の軍人の権力は、そりゃあ凄いもんだった。その軍人たちが、相手が甘粕だと逆に震えあがる。

何でだかは分からなかったが、とにかく力があった。だから、徴兵はされたが、ありがたいことに俺は最前線には行かされないで、後方の航空隊の整備兵になったのさ。なにせオート三輪の修理をやっていたから、エンジンに詳しいってことでね。パイロットになっていたら生きてはいられなかっただろうが、整備兵だったから死なずに済んだ。何が幸いするか、人間の運命なんて分からんもんだ」

「それじゃあ、終戦まで満州にいたわけですか」

「いや、そうじゃあない。最初は中国戦線だ。ハルピンの孫河《ソンジャン》飛行場にある航空隊にいた。飛行第七十八戦隊だ。終戦の時は、なんと東京にいた。生家のすぐ近くの調布《ちょうふ》だよ。調布の飛行隊にいたんだ」

「調布に航空隊があったんですか?」

「ああ、あった。今だってあそこには飛行場があるだろ?」

比奈子は思い出した。たしか小型機が住宅地に墜落した事故が何年か前にあったのではなかったか。

「当時は今と違ってただの野っ原が広がっているような所でな。そこに陸軍が立派な飛行場を建設した。東京調布飛行場だ。滑走路は今と違って千メートルもあった。そこに防衛総司令部ができた。昭和二十年になると、東京は空襲の真っ盛りだったからな。どこもかしこも火の海だ。米軍のＢ29が主役でね。こいつが編隊を組んでやって来る。Ｂ29っていうのは馬鹿でかい爆撃機だ。なにせ幅が四十三メートル、長さは三十メートル、プロペラが四つもある化け物みたいに凄いやつでさ、高高度の一万メートルを超える上空をやって来る。高射砲なんかじゃあ届かない高度だよ。こいつを帝都防衛の戦闘機が迎撃するわけだが、当時、情けないことに日本には一万メートル以上の高度を飛べる戦闘機がなくてね。酸素が足りなくなるからエンジンが動かなくなる。上昇するのに凄く時間がかかるわけだ。とにかく日本はエンジンが駄目だった。飛行機そのものはいいんだが、肝心のエンジンが満足に動いてくれない。何とかやっと八千メートルくらいで追いついても、なにせB29は空の要塞《ようさい》って言われた爆撃機だから撃ち落とすどころか逆に撃ち落とされる。まるでハリネズミのように機銃が付いていて、まったく近寄ることもできないんだな。そこでもっと早く上昇できて迎撃できる戦闘機を開発した」

「零戦《ゼロせん》ですか？」

旨そうに酒を含んだ上野重蔵が、その酒を噴き出しそうになった。

「まいったな……零戦じゃあない。あれは本当はレイ戦と言って、海軍の戦闘機だよ。それに、レイ戦は太平洋戦争の初期にはもう登場していた」

憮然《ぶぜん》とした顔で言う。情けないことに、比奈子の戦争の知識は、映画で得た程度のものでしかない。つまりは、何も知らないに等しい。

「上野先生がいたのは航空隊ですよね？」

呆れ顔の上野重蔵が苦笑して言った。

「航空隊と言ってもな、いいかね、ドイツなんかとは違って、日本にはそもそも空軍というものがなかったのよ」

「それでも戦闘機とかはあったんですよね」

「もちろん他国に負けない飛行機があった。凄く優秀なやつがね。あんたも知っている零戦もそうだ。今言ったようにあれは海軍の戦闘機だよ。陸軍にはまた違う戦闘機があった。まったく非効率の極みだが、それぞれ陸軍、海軍で別々に飛行機を作っていたわけだ。俺は関東軍に召集されたわけだから、当然陸軍の整備兵だ。整備していた戦闘機も零戦じゃあなくて、隼《はやぶさ》とか、要するに陸軍の戦闘機だった。いったい何の話をしていたのだったかな……」

新しく煙草を咥《くわ》えなおして上野重蔵が困惑した顔で言った。

「すみません、何の知識もなくて」

古い映画の話ならばある程度はついていけても、戦争の話は駄目だった。インタビューの仕方が悪かったのかもしれない。と同時に、比奈子は自分には戦争どころか昭和史の知識が何もないことを痛感した。考えてみれば自分たちの世代はいわば戦争を知らない幸福な世代で、学校教育においても、日本史の授業はほとんど明治維新の頃までで終わっていたのではなかったか、と思う。戦争映画というジャンルでは洋画を除き、頭にあるのはほとんどが沖縄戦に関するものだけなのだ。曲がりなりにも映画の評論をする身に、この知識の欠如は致命的な欠陥と言っていい。

「……まあ、要するに終戦の時に俺は調布にいたんだ。本土、いや帝都空襲に備えて、襲来するB29を撃ち落とそうという部隊に整備隊の曹長として配属されていた。帝都にやって来る空の要塞を撃ち落とす防空部隊だね」

「撃ち落とせる戦闘機が開発されたんですよね？」

　ニヤリと笑って上野重蔵が言った。

「そう、その話だった。ただし、数は少なかったがな。海軍は『紫電改《しでんかい》』、陸軍は『飛燕《ひえん》』という局地戦闘機を作っていた」

「ヒエン？」

「ああ、そうだ。三式戦闘機、通称は『飛燕』だ。飛ぶ燕《つばめ》。こいつは最初、戦闘機ではめったにない液冷エンジンを積んでいてね。ドイツのベンツのエンジンを持って来て国産化したハ40ってやつだった。強力だったが重くてな、それで空戦に不利だということで後になって日本の星型空冷のエンジンに替えた。ただ、そうなるとやはり一万メートルまで上昇するのがやっとでな、なにせ日本製のエンジンが駄目なんだ。過給機は壊れる、冷却器からは油が漏《も》れる、とにかく整備には本当に苦労した機だった。だからそんな機でクジラと戦うのは大変だった」

「クジラって何ですか?」

「B29の編隊のことさ。クジラの大群のようなんでそう言われていた。これに244部隊が立ち向かったわけだ」

「飛燕の部隊なんですね」

「そう。操縦士にはあまり人気がなかった戦闘機だったな。ただな、この飛燕でクジラの大群をやっつけるのは至難だった。なにせ相手は高高度を飛んで来る空の要塞だからな。やっと一万メートルにまで上昇しても飛燕のエンジンは青息吐息だ。ちょっと空戦しただけであっという間に何百メートルか高度を失ってしまう。とにかく飛燕でも一万メートルまで上がるのがやっとなんだ。それで軽量化を図った。軽くすればもっと速く上がれるんじゃないか、ってわけだ。それでまずは四門積んでいる機関砲を二門に減らした。12・7ミリの機銃を取り外して、防弾板なんかも外した。それでやっとこさ一万メートルまで上昇できるようになったわけだ。だがね、それで安心となったわけじゃあない。敵は十一人もの搭乗員を乗せている化け物爆撃機だ。機銃が十二、20ミリ機関砲まで乗っけている重装備の相手だ。やっとのことで一万メートルにたどり着くと、そこでハリネズミのような機銃群でばりばりやられる。正面上空から急降下して突っ込むんだが、いくら機銃で撃ち込んでも落ちてくれない。だから最後のほうでは飛燕の操縦士たちはみんな機ごと突っ込んだ。体当たりをしたんだよ。相手がグラマンなんかの戦闘機ならなんとかなっても

Ｂ29じゃあ勝負にならない。その頃になると、優秀な操縦士はみんな死んじまって、練度の低い若い連中しか残っていなかったから、そもそも空戦なんてできる技量じゃあなかった。だから確実に敵機を落とすには体当たりをするしか方策がなかった。それでも勇戦してずいぶんＢ29を撃墜した。知っている奴はいないだろうが、百五十機くらい落としたかもしれない」

胸の痛くなる話だった。

「それは、特攻じゃありませんか」

「そうだな、特攻だ。結果的には特攻と同じだったかもしれないが、ただあんたが考えるものとは少し違う。何が何でもぶち当たれ、というのとは違っていた。当時、うちの戦隊長だった人が凄い人でね。この人が無謀な戦いをひどく嫌った。無駄死にするな、と部下たちに始終言っていたんだ。だから相手に護衛戦闘機がついているときは空戦を禁じて待避行動をさせたし、被弾して機が駄目になったら落下傘を使って離脱するように訓示していたんだ。そしてだ、この戦隊長が凄いのは、部下には特攻を禁じていたくせに、自分は逃げずに果敢に空戦に挑んだんだ。しかも五機のＢ29を撃ち落としているんだ。しかも一機は体当たりで撃墜してな、落下傘で生還するっていう離れ業《わざ》をやってのけた。まさにスーパーエースだったよ。そんな戦隊長に、無駄死には絶対にするな、と言われていても、それでも操縦士たちは結構体当たりを決行した……みんな、悔しくて堪《たま》らんかったんだ。だから戦隊長に離脱しろ、不時着でもいい、と言われていても敵機に突っ込んだ。あやしいエンジンを精一杯吹かしてな」

「その飛燕という戦闘機の整備をされていたんですね」

「ああ、そうさ、言うことをきかないエンジンをいじくって宥《なだ》めすかして動かしていたよ」

バリバリと煮干しを齧《かじ》り、上野重蔵が続けた。

「今話したように俺は所詮《しょせん》整備兵だったからな、戦闘員の操縦士たちが羨《うらや》ましかった。あいつらは死ぬのを覚悟で飛び立って行く。俺たち整備兵は、そいつを帽子を振って見送ることだけしかできん。滑走路から飛び立つ機を見送るたびにみんな泣いた。悔しくてなあ。声をあげて泣いた」

「一つ伺いますけど……上野先生の作られた作品には戦争そのものを題材にした作品はありませんよね」

「ないよ」

と、上野重蔵はあっさり答えた。

戦後、数多く戦争を題材にした名作が作られている。学徒兵の遺稿集から映画化された『日本戦歿《せんぼつ》学生の手記　きけ、わだつみの声』、何度も映画化された沖縄が舞台の『ひめゆりの塔』、その多くは反戦的な作品だが、戦後何年か経ってからはそれほど反戦色のない作品も作られるようになった。たとえば新東宝で製作された阿部豊監督作品『戦艦大和』や岡本喜八《おかもときはち》監督の喜劇風の痛快活劇『独立愚連隊』などだ。東宝では『太平洋の嵐』をはじめとする太平洋シリーズ三部作。ただ、名作と言われるものには銃後の作品が多い。松竹《しようちく》の木下恵介《きのしたけいすけ》監督の『二十四の瞳』など、当時の日本人の生活を描く映画なら上野重蔵の作品群にあっても不思議ではないはずなのに……。

「戦争を、戦時下の人々と言い直してもいいんですが、上野先生が戦争を題材にした作品をお作りにならなかったというのは、何か特別なお考えがあったのですか」

「別にないよ」

答えは素《そ》っ気《け》なかった。濃厚な戦中の体験を話していたのに奇妙な感じではあった。

「悲惨な体験を思い出したくなかったからでしょうか」

上野重蔵は笑みを見せてコップ酒を口にした。

「悲惨かぁ。確かに悲惨だな。戦《いくさ》に負ければ悲惨だ。だが……今、話してきたように、終戦の時、俺は調布にいたからな。外地の戦場にいた連中の苦労が俺にはなかった。だから今でも奴らを思うと後ろめたい気になる。滑走路から飛び立って行く操縦士たちを見送る気持ちと同じだ。だが……終戦になって……そうだなぁ、今の人たちのように、戦争責任とかそういうことを考えたことは一度もなかった。たぶん、そういった気持ちは俺だけじゃあなかったはずだ。玉音《ぎよくおん》放送を聞いた人たちが泣いたのは、ただ悔しかったからだろう。日本人のほとんどはあの戦争が悪かった、なんて考えてもいなかったよ。一パーセントだっていなかったはずだ。これからどうなるのか、食うものはあるのか、みんなそういうことを考えていたからな。みんな戦後のGHQの刷り込みだ。それに新聞だな。こいつが悪い。終戦の前日まで本土決戦、一億火の玉、行け行けどんどん、とやっていたのに次の日には戦争犯罪だ、戦犯だ、とやり出す。恥ずかしげもなくな。だいたい、戦争っていうのはそもそも一国で始められるもんじゃあない。相手がいるんだ。相手に開戦の意思がなければ簡単に戦争にはならんよ。戦争責任がどういう意味なのか、俺には分からん。ただ、こういう意味なら分かる。敗戦責任なら分かる。負けるような戦争を始めたお陰で、国民は苦労した。そいつは間違いないからな。それにな、戦争を描けば……」

笑顔に戻って上野重蔵は空《から》になったコップに酒を注《つ》いだ。

「いいか、そいつは所詮負け戦を映画にするってことだろう。勝ち戦を描けば嘘《うそ》になるんだから。こっぴどくやられる映画なんて面白いわけがないだろう。だから、自虐を楽しむ気持ちが上野事務所にはなかったってことだ。それにしても、日本人は自虐が好きだな。ちょっと気持ちが悪くなる」

とまた上野重蔵は笑った。

比奈子にとってはまたしても苦手な方向に話が向かった。流れを変えようと、比奈子は満映について尋ねた。

「満映でのことですが、そこでは監督とかをされていたのですか？」

「いやいや。日本からぽっと行った学生崩れが監督になんか簡単になれるもんか。最初は雑用だ。まあ、徴兵される頃には一応製作担当ということになってはいたがね」

「製作担当ですか」

「ああ、そうだよ。製作担当ってのは撮影の進行に関して何でもやらなくちゃあならん役割なんだ。助監督と一緒になって撮影のスケジュールを考えたり、金のやり繰りもやったよ。まあ、何でも屋ってことだね。だから、大した役職じゃあないが、その代わり映画のことを知るには一番の仕事だった。給料も悪くはなかった。おかげで中国語も話せるようになったし、可愛い中国の女優の卵なんかとも仲良くなれたし、悪い思い出はないな。兵隊にとられるまでは最高だったよ」

　と言って豪快に笑ってみせ、立ち上がると、もう一つグラスを食器棚から取り出して比奈子の前に置いた。

「やっぱりあんたもこいつを付き合ってくれ。そのほうが話が弾《はず》む。それにさ、酒を二人で飲める機会はそうないからな。さあ、さあ」

　断ることもできず、比奈子は仕方なく溢《あふ》れそうに酒を注がれたグラスに手を伸ばした。

「それでは……いただきます」

「つまらん話を長々聞かせたから、今度はあんたの番だ。あんたのことを少し聞かせてくれ。あんた、結婚しているのか?」

「いえ。独身です」

「ほう。そんなに綺麗な顔をしているのに独り身かい。もったいないなぁ。寄って来る男がいっぱいいるだろう。俺がもう少し若かったら放ってはおかんが」

「でも、手籠めはなしですよ」

上野重蔵は白い義歯を大きく見せて笑った。

「分かった、分かった、大丈夫だ、我慢しよう、襲ったりせんから」

「安心しました」

「ところでさ、あんた、何で映画の評論なんて始めたんだ?」

改まってそう訊かれ、比奈子は一瞬戸惑った。何でこんな仕事を始めたのだろうか……。映画との繋《つな》がりが大学時代の映画研究会にあったことは間違いない。だが、当時、映画関連の職業に就きたかったわけではなかった。そもそも佐渡で育った比奈子にとって映画は身近な娯楽ではなかった。それなのに、映画研究会に入ったのは何がきっかけだったのだろうか。たぶん松野健一と出会ったことなのだろう。医者の息子なのに映画に夢中になって医学部にも行けず、映画会社に入って監督にでもなろうと能天気に笑っていた松野健一。そんな彼に惹かれて、それまでさほど興味のなかった映画を観るようになった……。

「昔、好きだった人が映画が好きだったんです。それで映画を観るようになったからですかね」

と、比奈子は微笑んだ。

「だが……そいつとは結婚しなかった。そうだよな？」

「ええ。しませんでした。亡くなってしまったんで」

急に萎《しぼ》んだ顔になって上野重蔵は毛のない頭を叩《たた》いた。

「そいつは……悪いことを訊いたな。すまん、すまん」

「溺《おぼ》れたんですよ、子供の頃から泳いでいた海で。おかしいですよね。サーファーで、泳ぎは得意だったはずなんですけど」

今度は真面目な顔になって訊いてきた。

「あんたも一緒だったのかい、そのとき？」

「いいえ、一緒ではありませんでした。実を言うと、私は泳げないんです。佐渡の、海の傍で生まれ育ったんですけどね」

上野重蔵は笑わずに、何かを思い出すような表情になった。グラスの酒を一口飲み、

「俺も、泳げない娘《こ》を一人知っているよ。もっともその娘は海のない土地に育った娘だったがね」

「ご親戚かどなたかですか？」

「いや、違う、女優だ」

「女優さんですか」

「ああ、そうだ。この前話しただろう、『スター誕生』の主演女優だ。津田倫子《つださとこ》、あの娘《こ》も……泳ぎを知らなかった……」

訊きたかったテーマにやっと近づいた。比奈子は、今だ、と思いきって尋ねた。

「聞かせてもらえませんか、その津田倫子さんのこと」

だが、上野重蔵は答えなかった。

「そいつは……また今度にしよう。酒の味を変えたくない」

前回と同じだった。この作品に関する話題になると口を閉ざす。

「さあ、もっと飲まんか。旨いよ、この酒は」

とまた笑顔に戻る上野重蔵を見て、津田倫子という名をしっかり覚えておこうと比奈子は思った。

4

十月に入っているのに、江の島の海にはかなりのサーファーの姿が見えた。ここ数日雨が降り続いていたからか、どんより曇った空の下の海は灰色で波も高い。サーファーたちにとってはこの波が良いのだろう。

この海で水死した松野健一のために今日の命日に集まったのは、前年より一人少ない総勢五人だった。風邪のために欠席した三浦浩二《みうらこうじ》は比奈子や後藤と同じK大の映画研究会の仲間だったが、あとの三人は松野健一のサーファー仲間である。海に献花した後、五人は昨年も立ち寄った小田急線の片瀬《かたせ》江ノ島駅に近い海鮮料理店で遅めの昼食を摂った。

「……そうそう、この前の話だが、津田倫子の記録はどこにもないな」

と生ビールの大ジョッキを両手で運んできた後藤が言った。後ろから付いて来る吉田直人《よしだなおと》も同じように大ジョッキを三つ両手で抱えている。吉田は逗子《ずし》に住んでいた松野健一の子供の頃からの友人で、現在は大手の不動産会社に勤めている。吉田が他の二人と話しているのを見ながら、比奈子の前にジョッキを置いた後藤が続けた。

「……その津田倫子が、未公開になった『スター誕生』の主演女優だっていうわけだな？」

「そう。話の流れではね」

比奈子は頷《うなず》いた。

「まったくおかしな話だな。当時、上野事務所にいた人間に当たれば事情が分かるんだろうが……誰か関係者を捜してみるか」

「やっぱり上野先生から聞き出すのが一番いいと思う。なんでその話をしたくないのか、それだけでも興味が湧くし」

「だが、聞き出しにくいんだろう？」

「今のところはね。お酒で釣ればいつかは話してくれるんじゃないかな。基本的に、昔話の好きな人だから」

「なるほど。じゃあ今度は酒を二本持って行け」

と後藤は笑ってビールのジョッキを口に運んだ。比奈子もビールを一口飲んで大型のバッグからメモ帳を取り出した。

「津田倫子の件は今度聞き出すとして……『ゆれる乳房』というのは知ってる？」

「なんだ、そりゃあ？」

後藤が眉《まゆ》をしかめる。

「ポルノ映画」

「知らんな。ポルノはそれほど観ていない。日活のロマンポルノをＤＶＤで何本か観たくらいだよ」

「最高傑作なんだって。あ、違った、おかしな表現だけど、下品の極みの、最低の傑作だって。上野先生がそう言っていたのよ」

「ほう」

メモ帳を開いて確かめる。

「監督もしていたそうだけど。この作品が昭和四十年。その前が問題の『スター誕生』。これが昭和三十六年。この間が約四年近く空いている……。この間、上野先生が何をされていたのか分からない……でも、再起第一作が『ゆれる乳房』なのよね。未公開の『スター誕生』まで、上野事務所製作の作品はほとんど文芸作品」

「激変だな。まあ、そこが面白いから上野重蔵特集をやろうと思ったわけだろう。このミステリーみたいなやつを嗅《か》ぎ出すのが比奈子の仕事だ。津田倫子っていうミステリーがもう一つ加わったんだから、ますます興味が募る。さらに、なんで、ってなるわけだ。読者もね。で、次の取材はいつなんだ？」

「今日」

「なんだ、これからまた上野先生の所に行くのか」

「うん。でも今日の約束は夜。だから急がなくていいのよ」

「そうか、ご苦労だな。だけど、夜に男の部屋に一人で行くのは、ちょっとなぁ。何なら誰かつけるか？」

半分本気、半分冗談のようにそう言った後藤の顔が結構真剣に見えて、比奈子は笑った。

「九十をとっくに過ぎたお年寄りよ。大丈夫、一人でも。手籠めの危険はありません」

手籠めという言葉が聞こえたらしく、隣で仲間と話していた吉田が、

「比奈ちゃん、何さ、手籠めって？」

と話に割り込んできた。

「何でもない」

「だってさ、手籠めって、レイプってことだろ？　比奈ちゃん、誰かに襲われそうになったのか？」

「馬鹿ね。そんなことされるわけないでしょう。そういう人はもっと若い子を狙《ねら》うって」

「なるほど。それは……そうかもなぁ」

と言って笑う吉田に、彼の周りにいた他の二人の仲間も同調して笑った。

「まったく、いい歳して、あんたたちガキの頃と少しも変わってないのね」

比奈子はそう言って溜息《ためいき》をついた。

そう言えば、と比奈子はまた松野健一を思い出した。海辺で青春時代を過ごした湘南の若者たちは軟派の連中が多かったらしい。松野健一もたぶんそんな若者の一人だったと、その能天気な顔を思い出す。初めて比奈子を連れて葉山《はやま》の海を見せてくれた日だったか、彼が横須賀《よこすか》線の電車の中で言ったのだ。

「湘南のＫ大生の特徴って、知ってる？」

「なあに、それ？」

と訊き返すと、嬉《うれ》しそうに、

「そいつはね、みんな軟派で馬鹿ってこと」

「ええっ？」

「俺の友達で、内部進学で来た湘南出は六人いるんだけど、落っこちないでここまで来たのは俺だけ。あとはみんな、どっかで引っかかってるんだ。落第したのや、退学になった奴とかさ。何が言いたいのかって言うと、要するに、湘南出身では俺だけ特別優秀だってこと」

と松野健一は威張ってみせた。噴き出しそうな自慢だったが、確かに彼は成績優秀だった。医学部にこそ行けなかったが、さほど勉強もしなかったくせに、成績は毎年期末試験に四苦八苦する比奈子と比べてはるかに良かった。だからもし生きていたら、希望通りに映画会社に就職していたかもしれない。もっとも監督になっていたら、おそらく名匠にはなれなかっただろう。繊細さとは真逆とも言える能天気で豪快な性格だったから、文芸作品などはまず撮れなかったに違いない。もっともアクションの監督だったら名を成したかもしれないが。

吉田たちはまたサーフィンの話に戻っていた。

おかしなものね、とそんな吉田たちを眺めて比奈子は思った。毎年、松野健一の命日に近い日曜日に、この江の島か鎌倉のお墓に昔の友人たちが集まるのだが、K大の映画研究会仲間が多い時はしんみりと、サーファー仲間が多い時はまるで同窓会のように明るい集《つど》いになる。文系というより体育会系だった松野健一の命日には、かえって今日のような明るい雰囲気のほうが合っているのかもしれない、と比奈子は思う。後藤が話を戻した。

「それで、第一回の原稿はいつ上がる？」

「火曜日までにはできるけど……本当に連載でいいのね？」

「ああ、いい。やっぱり……渡辺《わたなべ》も行かせるかな。今夜空いていればだが」

渡辺は広栄出版が使っているカメラマンだ。第一回目の記事にはどうしても上野重蔵の現在の写真が要《い》る。

「写真のこと？　それは、私が撮って来る」

比奈子はバッグからキヤノンのカメラを取り出して見せた。フリーの比奈子にカメラは必需品で、相当に値の張るカメラを数年前に自腹で買った。本来ならプロのカメラマンが撮ったものを使いたいが、大して予算の取れない企画だから後藤は反対しないはずだ。それに、今のカメラは素人《しろうと》でもかなり良い写真が撮れる。

「写真を撮られることに、先生のほうは問題はないのか？」

「たぶん問題ないと思う」

と言ってから、上野重蔵の入れ歯の顔を思い出した。昔のモノクロ写真の彼はかなりの男前だが、現在の禿げ頭の彼は往年のプロレスラーを彷彿《ほうふつ》させる容貌《ようぼう》である。入道、と言ったら一番ぴったりくるかもしれない。ひょっとしたら、顔写真を嫌がるかもしれないが、頼み込めば何とかなるだろう、と思った。とにかく上野重蔵は比奈子の想像していたイメージとは随分違った。あれだけ名作を製作し続けてきた人物だから、気難しい文学者肌の、口数の少ない、言ってみればインタビューのしづらい人間に違いないと予想していたのに、実際の上野重蔵は、饒舌な、やたら明るい性格なのだった。

「それならいいけど。一人でしんどかったら、中田《なかた》を付けてもいいぞ。資料集めくらいはできるから」

中田史子《ふみこ》は今年、広栄出版編集部に入社した新人だった。可愛い顔をした仕事熱心な女性、という印象がある。

「大丈夫よ、一人で」

比奈子はそう答えつつ、若い娘が増えたら上野重蔵はきっと喜ぶのだろうな、とも思った。

昼食会が終わると比奈子は後藤たちと別れて一人、江ノ電《えのでん》に乗って鎌倉に出た。片瀬江ノ島駅からなら小田急線一本で下北沢に出られるが、上野重蔵との約束は夜の七時で、それまでまだ五時間近く時間がある。鎌倉でもう一度花を買い、バスで鎌倉霊園へと向かった。去年も比奈子は江の島から同じように一人で鎌倉霊園に行ったのだ。実際の命日とは二日ずれているから、霊園で松野のご家族と会うことはないだろうと思っていた。松野健一は結婚の約束をしていた相手だが、それは当人同士の約束で、正式に顔合わせをしたわけではなかったから、墓参で出会うことは避けたかった。

鎌倉霊園はとてつもなく広い。鎌倉というよりもむしろ逗子に近いこの霊園は、拡張につぐ拡張でまさに広大なスペースを有している。その中でも松野家の墓は一番古い区画にあり、場所も良かった。バスで霊園の正門前に着くと、そこから墓まではかなりの距離がある。ゆるい坂を上り、手桶《ておけ》を借りて墓に向かった。墓前にはまだ萎《しお》れていない花が残っていた。二日前にご家族が手向《たむ》けたものだろう。

今も、ご両親は健在なのだろうか。松野には兄と妹が一人ずついて、兄が父親の医院を継ぐのだと聞かされていた。だが、それも昔のことで、実際はどうなのか、比奈子は知らなかった。

比奈子は花をその墓前に置き、用意してきた線香を灯《とも》した。小一時間を墓前で過ごし、松野健一と共にした約二年の時を思い起こす。大学と、そして下北沢のアパートで過ごした頃の思い出だ。楽しい思い出ばかりで、嫌な記憶は一つもなかった。結婚したら、やっぱり下北沢で暮らすことになるのかなぁ、とあの頃はぼんやりとそんなことを考えていたような気もする。就職するつもりではいたが、松野とは違って特に映画関係の職場を探そうという気もなかった。ただ、松野が独り立ちできるまで支えられれば、とそんなことだけを考えていたように思う。

松野が亡くなってから、比奈子も誰とも付き合わなかったわけではない。K大の仏文を卒業後、比奈子は洋画の配給会社に就職した。後藤が勧めてくれた会社だった。働き始めてから四年目に好きな男ができた。同じ会社の宣伝部にいた黒沢晃《くろさわあきら》という男で、彼と半年ほど付き合った。お互いに好意を持っていたからそんな関係になったのだが、比奈子の思い描く恋愛とはかなり違っていた。松野に抱いた感情とは程遠く、常に傍にいたいと思うような恋情はなかった。相手にもそんな感情が伝わったのか、関係は次第に疎遠になり、結局、黒沢は他の女性と結婚した。

配給会社を四年で退社したのは別に黒沢と別れたことが原因ではなかった。アルバイトで始めた、後藤の会社「広栄出版」で出している映画雑誌『映画世界』の原稿の評判が良く、映画の紹介と評論という新しい仕事の比重が大きくなり、後藤の勧めもあってフリーのライターとして独立したのだった。

新人ライターの生活を始めてからも恋人のような男はできた。放送作家だった菅井紘一《すがいこういち》もその一人だった。女の出入りが多いと噂《うわさ》されていた黒沢と違って、華やかな職業にもかかわらず菅井は生真面目《きまじめ》な男で、比奈子との結婚を真剣に考えていた。それでも比奈子は、どこかが違う、という思いから離れられなかった。松野との恋愛とは何かが決定的に違う。そんな比奈子は菅井にとって面白味のある女には思えなかったのだろう。

「きみは日本人形みたいな人だね」

と菅井は言ったが、それは顔立ちのことではなく、人形のように感情がない女、という意味だったに違いない。比奈子は自分でもそう思っていたから、彼が離れて行くのは当たり前だ、と感じていた。

そして気が付けば、比奈子はもう四十の歳を迎えていた。

夕刻六時半に下北沢の駅に着くと、比奈子は駅前のスーパー「ピーコック」に入り、その化粧室で着替えをした。喪服のまま上野重蔵に会うわけにもいかず、黒の上着を脱ぎ、バッグに入れてきた上着に着替えた。ついでに酒のつまみの総菜も買った。合わない入れ歯の上野重蔵のためになるべく柔らかいものをと、卯《う》の花、たらこ、ポテトサラダなどを選んだ。日本酒は重いので上野重蔵のアパートに近い酒屋で買えばいい。

ピーコックを出たところで携帯の着信音が鳴った。後藤からかと思ったが、発信者の番号は上野重蔵だった。だが、携帯から聞こえる声は若い女性だった。その女性は、自分は北沢外科病院の者だと名乗り、

「上野さんに代わって電話をさせていただいています」

と言った。なんと上野重蔵は今、病院にいるらしい。いったい何があったのか。

「お約束があるとおっしゃっていますので、電話をさしあげました。もし、もう下北沢に着いていらっしゃるのなら、こちらに来ていただけますか。患者さんのご希望なので。駅

から近いのですが」

と看護師らしき女性が続けた。病院の場所はピーコックから歩いて五、六分もかからないらしい。

「分かりました、すぐ伺います」

比奈子は携帯で地図を確認し、急いで病院に向かった。

5

「いやぁ、すまん、すまん。こんな所に来てもらって、申し訳ない」

上野重蔵はベッドの上で、大きな身を縮めるようにして言った。

病院の受付で、比奈子はすでに飯塚《いいづか》という名札を白衣の胸に付けた若い女性から一応の事情を聞いていた。前回のようにアパートの鉄階段の下で比奈子を迎えようとしていた上野重蔵は、下りる途中で足を踏み外して転倒し、右の大腿骨《だいたいこつ》と足首を骨折し、救急車でこの病院に搬送されたという。応急処置は施《ほどこ》したが、動かすことができない状態で、おそらく明日にも手術ということになるだろう、とその女性が説明をしてくれた。

「考え事をしてて階段を下りたもんで、段を踏み間違えてなぁ」

とベッドの上で右足を包帯で固定された上野重蔵は情けない顔で言った。

個人病院の病室は個室ではなく三人部屋で、ベッドが三つ並んでいる。ただ、他の入院患者の姿はない。窓際のベッドに横たわる上野重蔵は両手を合わせ、拝む格好で続けた。

「そこで……悪いが、あんたに頼みがあるんだ」

「何でしょうか」

作務衣の袂《たもと》から財布を取り出し、中から鍵《かぎ》を摘《つま》み出して、

「ぼうっとしているところを救急車で運ばれたんで、他に何も持って来ておらんのだ。大変すまんが、これで俺の部屋に入って、保険証とか、着替えとか……取ってきてくれると助かる……あんたに頼めるようなことじゃあないんだが……他に頼める人がおらんのだ」

「もちろん構いませんよ。すぐ行って来ます」

と、比奈子は答えた。

「悪いなぁ。申し訳ない。まったくお恥ずかしいかぎりだ」

実兄の家族がいるそうだが付き合いがない、ということはすでに聞いていた。おそらく身の回りの世話を頼める近しい友人ももういないのだろう。これからどうする気なのだろうか……。老人の孤独死という言葉が頭に浮かぶ。

「明日にも手術だと看護師さんに聞きましたが、どなたか世話をして下さる方はおられないのですか？」

「みんな死んじまったからなぁ……。まあ、一人、いるにはいるが……もう十年も会って

ないから……生きてることは知っているが……どうかなぁ」

いつもの元気は消えてしまって、上野重蔵は寂しそうに答えた。

「何なら私から連絡してみましょうか」

「いや、連絡なら俺からするよ。あんたは部屋に行ってくれるだけでいい。それだって気の毒な話だ。本当に申し訳ない」

「そんなこと気にされなくていいですよ。すぐ行って来ます」

「あ、そうそう。あんたが来るからって、今夜は寿司を取っておいたんだ。食卓の上にあるから、良かったら食ってきてくれ。このままだと捨てなくちゃあならんことになる。もったいないからなぁ。空いた桶は、廊下に出しておいてくれればいい。寿司屋が取りに来る」

と上野重蔵は初めて笑顔を見せた。

緊急とはいえ、この病院もいつまでも開いているわけでもないと、比奈子は急いで鍵を受け取り病院を後にした。

上野重蔵のアパートまで五、六分で着いた。簡単な鍵を開けて上野重蔵の部屋に入ると、いつもとは違う匂いがした。いつもは煙草の匂いがするのだが、今夜は違う。それは線香の匂いだった。上野重蔵が言った通り、食卓の上にはちょこんと出前の寿司桶が一つだけ載っている。一つだけ、というのが何となく物悲しい。湯呑が二つに、半ば空になった日本酒の一升瓶が一つ……。酒は前回比奈子が持って来た「越乃寒梅」とは違う銘柄だった。

比奈子は襖《ふすま》を開けて和室に入り、上野重蔵に教えられた左手の箪笥《たんす》に向かった。いつものように、男の一人住まいとは思えないほど部屋は綺麗に片付けられている。引き出しを開ける前に、箪笥の上に載っている物に興味をひかれた。写真立てが二つ。その前にある灰を入れた茶碗には消えた線香……。写真にはそれぞれ男女が写っている。一つは中年の男の写真、もう一つは若い女性のポートレート……。中年男性の写真はモノクロだが、若い女性のほうはカラーだった。親子のように見える。男の写真には何となく見覚えがある気がした。だが、その記憶は定かではなかった。上野重蔵の父親か……。線香があるということは近しい人なのだろう。

比奈子は合掌《がっしょう》すると、教えられた通り箪笥の引き出しを開け、中を調べた。上野重蔵が言った通り、衣類の下から四角いクッキーの缶が見つかった。缶の中に健康保険証や預金の通帳が入っていると言っていた。

「面倒だから、缶ごと持って来てもらえんかな。風呂敷も同じ箪笥にあるから」

その言葉通りに他の引き出しから風呂敷を取り出して、下着などと一緒に包み、ダイニングに戻った。

上野重蔵がわざわざ出前を頼んでくれた寿司を摘んで、薬缶で湯を沸かした。湯呑にはすでにティーバッグが入っている。これは比奈子のために用意してくれたものだ。入道のような外見からは考えられない細やかさが上野重蔵のキャラクターだった。満映時代は撮影所の製作担当だったと言っていたから、細かいことに気が付く性格になったのか、あるいは軍隊での生活でそうなったのか……。

比奈子はティーバッグのお茶で寿司を大急ぎで流し込み、狭いシンクで湯呑と寿司桶を洗って、もう一度線香の残り香が漂う和室に戻った。今度は中年の男ではなく若い女性の写真をじっくり眺めた。年の頃は二十歳《はたち》か、あるいはもっと若いかもしれない。黒い髪を後ろでひっつめにしてまとめてある。微《かす》かに笑んだ顔は日本風だが瞳は大きくて美しく、八重歯《やえば》が可愛い。最初は親子かと思ったが、中年の男とは似ていない。いったい誰なのだろう……。ちょっと不思議な気がしたのは、中年の男性だけでなく、こちらの女性もどこかで会った気がすることだった。だが、そんな記憶はやはりない。でも、誰かに似ている……。もっと時間をかけて写真を調べてみたいと思ったが、面会時間でもないのだから病院側も困るだろうと、比奈子は急いでアパートを出た。

北沢外科病院にとってかえした比奈子を見て嬉しそうに、

「やあ、すまんな、助かる。悪かったな、恩に着る」

と言う上野重蔵が煙草を吸おうとしているのを、比奈子は慌《あわ》てて止めた。

「何してるんですか！　駄目ですよ、病室は禁煙です！」

「分かっているよ」

と苦笑いで上野重蔵は煙草とライターを患者衣の懐に隠そうとした。

「駄目です。私が預かっておきます」

比奈子は強引に上野重蔵の手から煙草を取り上げた。

「退院したらお返ししますから」

「そいつは……あんまりじゃあないか」

「看護師さんに見つかったら放り出されますよ」

上野重蔵が入れ歯を外した口を大きく開けて、アハハと笑った。

「明日の手術、どなたも来られないなら私が来ますが」

「いやぁ、大丈夫だ、一人でも」

「でも、何かと大変だと思いますよ。私なら会社勤めではありませんから、時間のやり繰りが自由にできます。元気になられるまでは付き添います。遠慮しないで何でも言って下さい」

「分かった、助けが要る時はお願いする。だが、明日なら大丈夫だ、俺が働くわけじゃないからね。頑張るのは医者のほうだよ」

と言って、歯のない口を開けてまた笑った。

「それで、手術は何時頃から始まるのでしょうか」

「午後だそうだが、時間は知らんよ。ギプスして固定するだけかと思っておったんだが……手術とは大袈裟《おおげさ》だよなぁ」

「分かりました。病院の方に訊いて、間に合うようにまた来ますから」

「まったく悪いなぁ。申し訳ない。無理するなよ、本当に付き添いなんて要らんのだから。すっぽかしても構わんからな。あんまり気を遣わんでくれ」

「それではもう帰ります。明日、また伺いますから」

「本当に、今日は助かった。心から感謝する、この通りだ」

と上野重蔵は冗談めかして合掌してみせた。


受付に残っている病院の職員に上野重蔵の手術時間を確認すると、事情を告げるために広栄出版に電話を掛けた。幸い後藤はまだ社にいた。先ほど江の島で別れたとき、後藤は仕事が残っているからこの後、会社に行くと言っていたのだ。

「どうした？」

と訊く後藤に、比奈子は上野重蔵の現在の状況をまず報告した。

「そいつはえらいことだな。年寄りが大腿骨を骨折したら結構厄介《やっかい》だぞ。ご家族はいないんだったな」

「天涯孤独のようなものね。だから明日も私が付き添うことにしたの」

「大変だな。やっぱり誰かを付けようか？　それより、火曜の〆切は大丈夫か？」

「ええ、そっちは大丈夫。いざとなったらパソコン持参で病院で書くから」

「わかった。援軍が必要なら言ってくれ。比奈子が倒れたら困るからな」

「大丈夫、私のほうは。ありがたいことに今のところ病室は上野先生一人だから、取材には最高のシチュエーションだしね。他にすることもないんだから、時間を気にしないで、何でも話してもらえるし」

「そうそう、この前聞いたやつ、うちの資料で分かったよ」

後藤が思い出したように続けた。

「この前って、何だっけ？」

「ポルノのことだ。『ゆれる乳房』」

「ああ、あれ」

「監督も確かに上野重蔵でな、その後も何本も同じようなポルノを作っているよ」

「ええ、それは知っているけど」

「主演はずっと春山《はるやま》りえ。その女優で合計八本。けっこう稼いだようだ。アーカイブを当たればたぶん観られる」

比奈子は笑って応えた。

「いいえ、観なくてもいい。大体は想像がつくから」

「だって、比奈子、最低の傑作だと言っただろう？　どんなものか、俺も観てみたい気がするがね」

と後藤は笑って言った。

「最低の傑作と言ったのは上野先生で、私じゃないわよ」

と比奈子も笑った。最低というのは、最も愚劣という意味だろうが、その傑作とは愚劣の頂点だということだろう。頂点は最高位ということだから、確かに興味は募る。

「そうね、それじゃあ機会があったら誘って。後藤さんと一緒なら観てもいい」

「分かった。それじゃあ、いつか一緒に観てみよう」

と後藤は言って、

「そっちの方で何か困ったことがあったら言ってくれ。さっきも言ったが援軍を送るから」

「ありがとう。でも、たぶん大丈夫」

通話を終え、比奈子は今度の取材は、この『ゆれる乳房』を製作した意図から切り込んでみようと決めた。そして、あの箪笥の上にあった二つの写真についても……。

6

　個人病院であったから一階の奥にある手術室は一つだけで、患者の手術が終わるのを待つ家族がベンチで並んで待っているというようなことはなかった。手術も滅多《めった》にないのか、ベンチで待つのは縁者とは言えない比奈子だけだった。これは当初から予想していたことだったが、この予想はじきに崩れた。比奈子がベンチに座って間もなく、もう一人、上野重蔵を見舞う客が現れたのだ。

　今日の手術は上野重蔵一人だけだと病院のスタッフから聞いていたから、その女性が上野重蔵の見舞い客だということはすぐに分かる。

　今時珍しい和服姿の小太りの婦人で、年の頃は六十代後半か、七十代の初めという感じがした。歳のわりに化粧が濃く、一目で玄人筋《くろうとすじ》と分かる。その婦人は迷わず比奈子の隣に腰を下ろすと、

「失礼だけど……あなた、出版社の記者だっていう南比奈子さん？」

と人懐《ひとなつ》こい顔で訊いてきた。

「はい、そうですが……」

「私、町田節子《まちだせつこ》。聞いていていらっしゃる？」

「上野先生からですか？」

「そう」

「いいえ、何も」

町田と名乗った女性がにっこりして、手にしていたバッグから名刺入れを取り出した。受け取った名刺には「スナック　節子」という店名と町田節子の名前が印刷されている。住所は渋谷だ。

「上野先生の、ご親戚の方ですか？」

比奈子がそう訊くと、

「ううん、親戚じゃないの。元女房」

「え？」

上野重蔵は、結婚したことはないはずだった。町田という女性はけらけら笑って、

「びっくりした？　籍は入っていないのよ」

「はぁ」

呆気《あっけ》に取られる比奈子を面白がるように相手は続けた。

「ここに来てるのはあなた一人だけ？」

「どういうことですか？」

「他の女は来てないのか、ってこと」

「いえ、どなたも」

「ふーん」

と言って町田節子は小さなバッグから煙草を取り出した。

「あの……ここは禁煙ですけど」

「ああ、そうだった。いやぁね、忘れてた。どこもかしこも禁煙ばかりで、本当に嫌な世の中になったものねぇ」

とまた笑って、取り出した煙草をバッグにしまうと、溜息まじりに彼女は言った。

「一人や二人、見舞いに来たっていいのにね、あれだけ女がいたんだから」

「でも……もう、お歳ですから」

「まあ、そういうことよね。誰も来なくても仕方ないか」

「上野先生とは、よく会われていたのですか？」

「ううん。十年以上会ってない。元気にしてるってことは知っていたけど」

「そうですか」

「今朝になって電話してきたから、ちょっと心配になって来たのよ。あの人、弱気になったからといって電話なんかしてくる人じゃないから、頑固者で。珍しいでしょ？　それであなたのことも聞いたわけ。記者さんが面倒みてくれてるって」

「そうだったんですか。ご親戚との付き合いもないって伺っていたものですから」

「そう、親戚付き合いはなかったものね。でもね、見舞いに来る女ならいたはず。仕方ないか。なんせ薄情な奴だったからね」

「薄情ですか」

「そう。薄情者。そのくせ、根は善人で優しいから始末におえないの。薄情で悪党ならそれなりに相手のしようもあるんだろうけど、けっこう良い人だから困るのよ。だからみんな騙《だま》されて……。まあ、私もその一人」

相槌《あいづち》の打ちようもない。比奈子はあらためて町田節子を見直した。丸顔で、化粧は濃いが綺麗な顔立ちだ。小太りな体は大きくはないが肉感的で、若い頃は相当な美人だったと思わせた。

「長かったのですか、先生と一緒になられて」

「私？　ううん、そうでもない。そうねぇ、四年ちょっと。でも、珍しいのよ、それって」

「珍しいって……」

「四年も一緒にいたってこと。女の人は、それこそ数えられないくらいいたけど、私みたいに結婚した人はいなかったから」

「そうなんですか」

「そう」

「別れられたのは、そういう女の方が多かったからですか」

　町田節子はまた笑ったが、それまでの笑いとは違っていた。

「そんなことで別れたりなんかしないわよ。女遊びは慣れっこだったから。一緒にいられなかったのは、あいつには他に好きな人がいたから」

「好きな人って……大勢いた他の女性の中にですか」

「ううん、そうじゃない」

　と彼女は首を振った。

「そんな浮気の相手なら、私だって太刀《たち》打ちできたんだけどね。相手は死人だもの、戦いようがないでしょう。だから、別れた……」

「死人って……亡くなられたんですか、その方？」

「そう。私と一緒になってから死んだんじゃなくて、そのずっと前に死んじゃった人。その女、私とは全然似てないの。まるで正反対の女。顔立ちも性格もね。もっとも私の知らない人だから、顔立ちは分かっても性格は知りようもなかったんだけど、きっとそうだと思う。まったく違うから四年間ももったのかもしれない。ね、失礼しちゃう話でしょう？　それなのに、こうして十年以上も経ってから平気で下《しも》の世話しろって電話してくるんだから。まったく何考えているんだか……」

　町田節子は比奈子を見つめて溜息をついた。

「……今、分かった……」

「何か思い出されたんですか？」

「ううん、そうじゃなくって……あいつが何であなたに取材をさせたか、ってこと」

「どういうことですか？」

「あの人はね、簡単に取材を受けるような人じゃないのよ。昔から、取材なんか絶対にさせなかったんだから。だから、おかしな話だなぁって、そう思っていたんだけど……分かったのよ、なんでか」

「そうなんですか」

「そうなの」

と応えてから、また珍しいものを見るように比奈子を見つめて、

「似ているのよ、今まで気が付かなかったんだけど……あなた、どこか似ている……」

「どなたにですか？」

「あいつが好きだった人。たった一人だけなのよ、あの人が好きだった人は」

「女優さんですか？」

町田節子は頷き、

「そうよ。津田倫子……」

と彼女は言った。

この町田節子とはその後もたびたび病室で会った。こんな爺《じじ》いの世話なんかしたくもない、と愚痴《ぐち》りながら、それでも町田節子は毎日のように上野重蔵の病室を訪れては細々《こまごま》と世話を焼いていた。比奈子が現れると、

「ほら、お爺《じい》ちゃん、可愛い恋人が来たわよ」

と揶揄《からか》い、

「助かった。こんな爺いの世話ばかりしていちゃ、こっちも婆臭《ばばくさ》くなっちゃう」

と悪態をつきながらそそくさと退散して行くのだった。

腰と足をギプスで固定されたまま、手術後の二日ほどは眠ってばかりいた上野重蔵もすぐに元気になり、比奈子を見れば、

「煙草は我慢するが……流動食がないから栄養が摂れない」

と文句を言うほどになっていた。流動食とはもちろん酒のことで、酒を食事代わりにしていた彼にとって、病院食は耐えられないようだった。

病室は相部屋だったにもかかわらず、相変わらず入院患者は上野重蔵一人だったから、比奈子にとってこの病室は格好の取材場所だった。

町田節子がどのような女性であったかはすぐに分かった。彼女は元女優で、なんとあの『ゆれる乳房』の主演女優、春山りえ、なのだった。

「そうだよ、町田というのは本名だ。女優としては、まあ、大根だな。だが、いい女だったからね、人気はあったよ。おっぱいだけは日本一。ただでかいだけじゃなくて、格好が良かった。日本人離れしていたな。しっかり上を向いていて、うっとりするくらい良いおっぱいだった。今じゃあ見る影もないんだろうけどね」

上野重蔵はそう嬉しそうに言った。乳房はともかく、顔立ちだけでなく気立ての良い女性だということは比奈子にもよく分かった。いつも明るく、比奈子にも朗《ほが》らかに、まるで長年の知己《ちき》のように振る舞っていた。だから前に後藤に誘われた『ゆれる乳房』も一度は観てみたいと比奈子は思った。きっと愛らしく、美しかったに違いない。

月刊誌『映画世界』での上野重蔵のインタビュー記事は予想通りに好評だった。

「できればあと四回くらい続けたいんだけどね。大丈夫かな」

と後藤は取材ネタの尽きるのを心配したが、

「大丈夫だと思う。次から次へと面白い話が出てくるから」

実際、身動きできない体の代わりに上野重蔵の舌はよく回った。戦後の映画界の動きに関しては、まるで生き字引のようだったし、撮影の裏話も面白かった。話に出てくる俳優や映画関係者も故人が多いせいか、上野重蔵はかなり際《きわ》どい裏話も平気で口にした。今だったらスキャンダルになる話ばかりで、さすがに誌面に載せられないものも多かった。

「あいつは大スターなんてことになっているがさ、とんでもない野郎で、セットの裏にあの清純派の女優を連れ込んでキスをしたんだ。そしたら逆襲されて、唇嚙みつかれてさ、撮影は一週間中止。だって、主役が口に絆創膏《ばんそうこう》貼られちまってるんだから、台詞《せりふ》も言えんわけだよ」

などということまで面白そうに話すのだった。

その日もそんな他愛《たわい》ない雑談からインタビューは始まった。

「ほら、花岡純子《はなおかじゅんこ》っているだろ。今はお婆さんだけど、昔は清純派で人気抜群だった女優だよ。あれなんか、一番手を焼いた。なんせとんだ好き者でな、ロケになると夜な夜な助監督の若いのを部屋に呼びつけるんだ。最初は喜んでお相手していた助監督も、毎晩のように呼びつけられると嫌になる。とっかえひっかえ相手かまわずだから、何だ、俺だけじゃあないのか、ってがっかりしたのもいたはずだ。ただ、部屋に入ったら逃げ出すのも大変だよ。強姦《ごうかん》されたと叫んでやるとか何とか言われて、逃げることもできなくなる。困り果てて監督に、何とかしてくれって泣きついても、なにせ売れっ子のスターなんだから監督だって下手なことは言えない。清純が売り物だから、周囲に愚痴をこぼすわけにもいかないしな。だから、その娘が出る映画にはなるべくつきたくないと、助監督たちも仮病《けびょう》をつかう始末だ。

まあ、そんな話はいくらでもあるよ。長いロケだと、宿の女中さんたちがばんばん子供を産むようになるとかな。ほら、花沢《はなざわ》監督の写真だと伊豆《いず》なんかで半年もロケを続けるなんてこともあったし。いや、俳優の子供ばかりじゃないよ、スタッフだって子供を作ったりしたもんだ。だからさ、一番苦労したのは、以前にも話をしただろう。製作担当が一番苦労したんだ。ロケ先の手配なんかも製作担当がしていたから、そういった尻拭《しりぬぐ》いも彼らがやらなくちゃあならない。まあ、昔はおおらかな時代だったからね、それが問題になるなんてことはなかったね。

製作費だって今とは違って丼《どんぶり》勘定だ。その金をどこに使ったか、なんて細かいチェックはなかったしな。映画人が銀座《ぎんざ》なんかで付けで遊べなくなったのは、昭和三十年の半ばを過ぎてからだろう。テレビ関係はオーケー、映画人はお断り。いつの間にか映画人は貧乏人の代表になった。監督もそうだよ。一昔前の大学卒の初任給が一万円ちょっとだった時代だって、監督ともなれば一本百万単位の監督料を取っていたんだから。だから流行の最先端を行って、撮影が終わればスタッフを連れ歩いて銀座で大盤振る舞いもできた。それが昭和四十年にもなると、年間一本も撮れなくなって、食うに困るようになった。監督料も上がることはなく、いつの間にかサラリーマンのほうが稼ぎが良くなってね。今のように何かと言うと大学講師に転身するなんて芸当は当時はできなかったから、そりゃあ酷いことになった。それまで馬鹿にしていたテレビの仕事を必死に探したり、哀れなもんだ。

十億の観客がたったの一億に減ったんだから、当然映画の製作本数も減る。だから監督も、スタッフも仕事がなくなる。こうして映画はどん底に落ち込む。貧すれば鈍するだから、いい企画なんか生まれるはずもない。テレビで売れている若いのを出せば客が来るかもしれないと、芝居もできないタレントの主演映画ばかり作る。面白い映画を作ろうなんてことは考えなくなる。どんなにいいものでも採算がとれそうな企画しか通らない。原点であるはずの、面白い企画なんてどうでもよくなる。団体動員数だけを考えて、法人団体とのタイアップで稼ごうとしたりな。これが功を奏して、チケットは買ってもらえたが、肝心の映画が面白くないから、劇場はガラガラなんてこともあった。まあ、落ちるべくして落ちて行ったのが映画産業の歴史だな」

「それで、上野事務所は映画製作をやめたのですか」

という比奈子の問いに、

「やめたりはせんよ。上野事務所はな、最後まで金に困ってはいなかったよ。まあ、当時としては奇跡のような話だが、金を預かっていたのは俺だから、これははっきり断言できる。大体だな、うちで製作した作品で赤字を出した写真は一本もなかったんだ」

と話してから、上野重蔵は真顔になった。

「……いや、一本だけはあったな、赤字になったのが」

「何という映画ですか？」

と言う比奈子の質問に上野重蔵は悲しげに答えた。

「前に話しただろう、『スター誕生』。こいつは製作後に配給を取りやめたので賠償金を払った……つまり赤字になったのは、この写真だけだよ。他の作品は全て黒だ」

「『ゆれる乳房』も当たったようですね」

「大当たりだ」

「その後の作品も？」

「ああ、みんな当たった。作ったものでコケたものは一本もない」

上野重蔵はそう自慢してみせた。

比奈子は、その時が来た、と思った。取材も最後の段階だから、たとえ上野重蔵の逆鱗《げきりん》に触れてももうダメージは少ない。これまでできなかった質問をするのだ。

「……一つ伺います。お話に出た未公開の『スター誕生』から次の『ゆれる乳房』まで、製作中止の期間が四年ほどありますね。四年間も映画製作をしなかったのは市場の様子を窺っていたからですか？」

「まあね、それもある」

「じゃあ、他の理由もあるのですか？」

「ああ、そうだ」

「その理由を伺ってもいいですか？」

しばらく考えて、上野重蔵は奇妙な笑みを見せた。

「なるほど、そいつを訊きたかったわけだな」

「ええ。その通りです。さらに付け加えますと、私の知らない『スター誕生』までは大体は文芸作品を、それも最高の文芸作品を作ってこられた先生が、どうして四年のブランクの後に百八十度転換してポルノ映画を手掛けるようになったのか、その経緯を伺えればと思います」

「ほう、経緯か……」

と言った上野重蔵があっさり答えた。

「理由は、簡単だよ。俺には文芸作品なんか撮れなかったからな。土台、無理な注文だ」

「でも、先生はそれまで……」

「いい映画を作って来たのに、ってわけだな？　だから、今言った通りだ、俺には文芸作品なんか撮れなかった。当たり前だろう、俺は小説なんか読んだこともない男なんだから」

「でも……」

「待てよ」

と言って、上野重蔵は訝《いぶか》しげにも見える奇妙な笑みを浮かべた。

「おまえさん、分かっていなかったんだな」

「何を、でしょうか」

「俺のことだ」

「先生のことを？」

「ああ。そうだよ」

「どういうことでしょうか」

「知っているもんだとずっと思っていたが……違ったんだな……」

上野重蔵は痛そうにベッドの上の体をずらすと、一つ大きな息をついて言った。

「いいかね、よく聞くんだ。おまえさんは勘違いしていたらしいが……俺は、あんたが考えている上野重蔵ではない」

比奈子は呆然《ぼうぜん》として上野重蔵の白い義歯を見つめた。

「あんたが話しているのは、別の上野重蔵だ。俺のことではないんだ」

「……分かりません……別の上野重蔵って……」

「俺は『ゆれる乳房』を作った上野重蔵で、それまでの上野事務所の創設者で製作者だった上野重蔵じゃあないんだ。俺は、上野重蔵から俺の名を継げ、と言われた男で……ただの製作担当者だよ。あんたの言う上野重蔵は……無念なことに、大昔に亡くなっている。本物の、間違いなく偉大な上野重蔵はね」

そう言うと、上野重蔵はまた体の向きを変え、目を閉じた。

「そんな……」

絶句する比奈子に上野重蔵は言った。

「本物の上野重蔵は……五十年以上も前に死んでしまったよ……俺は……上野重蔵の二代目だ。言い換えれば、偽者《にせもの》ってことさ」

第二章

1

上野重蔵と再会した日、それは、昭和二十一年の四月の初めだ。念のために言っておくと、そう、終戦の翌年の春だった。俺はその頃、新宿にいたんだよ。戦争が終わって、まだ半年ちょっとという頃だが、もう新宿には闇市もできていて、敗戦国民もやっと息を吹き返したって頃だ。以前に話したが、俺の実家は新宿からたいして離れていない笹塚だったからな。新宿は、言ってみれば俺にとっては庭のような街だった。それに、これも前に話したことだが、除隊の場所も調布だから、新宿で暮らすようになったのはごく自然な成り行きだった。

まあ、若いあんたには分からんだろうが、新宿って言えば戦前の東京でも大都会だったが、当時は見渡すかぎり焼け野原でな、そりゃあ酷《ひど》い有様《ありさま》だったよ。ビルはみんな爆撃で壊されていたし、建物という建物がみんな無くなっちまってるから、天気のいい日は富士《ふじ》山がすぐ傍《そば》に見えたもんだ。それでも人間ってやつは凄《すご》い生き物でな、食い物も何もない時代でもみんな何とか生きていた。

新宿でどんな暮らしをしていたかって？　食う物も着る物も何もない時代でも、俺は結構羽振りのいい暮らしをしていたんだよ。西口の闇市にな、進駐軍から仕入れた煙草《たばこ》や洋酒、毛布や石鹼《せっけん》なんかを卸《おろ》していたんだ。そう、パンパンたちの面倒もみていた。パンパンというのは、売春婦。アメ公を相手にする売春婦たちのことを、当時はパンパンと言っていたんだよ。ほら、田村泰次郎《たむらたいじろう》が書いたパンパンの小説にあるだろう、『肉体の門』。あれと同じようなもんだと思えばいい。パンパンたちの用心棒だな。

なんでそんなことができたかっていうと、理由は二つだ。一つは、俺が一応は大学に行っていたってことだね。まあ、たかだかW大の中退だが、そこで少し英語を齧《かじ》った。戦時中は敵性語だがね。戦争には勝つと信じていたから、将来役に立つと、そう思ったわけだ。勝てば英米を占領する、進駐して行ったらどうしたって英語が必要になる。だから英語は身に付けておいたほうがいい、なんてことを考えていたんだな。今考えたら暢気《のんき》なもんさ。

だが、皮肉なことだが、戦《いくさ》に負けても、この片言英語が役に立った。アメ公と英語で話せる奴なんていなかったから、こいつが商売に役立ったわけだ。パンパンたちの客はみんなヤンキーだからね、日本語が喋《しゃべ》れる奴なんていやしない。交渉事も、揉《も》め事も、みんな英語だ。そんな米兵相手とやりあうには、英語が不可欠だったわけだ。ヤクザが用心棒をしたって英語が喋れるわけじゃあないからね、チンプンカンプンだろう。だから、俺が役に立った。

ああ、パンパンのことか？　こいつも唄《うた》にある。『星の流れに』だったか、こんな女に誰がした、ってやつ。誰がしたかって、そりゃあ国だ。男だよ。英米と戦を始めたのも男たちだし、それで負けちまったのもみんな男のせいだ。情けないことに、護《まも》ってやらなければならない女たちを、政府だって娼婦になれって、むしろ奨励したんだからな。まったく酷い話だ。いやいや、日本人なんて客にはいないよ。食うや食わずの男たちに女と遊ぶ元気もなけりゃあ金もありゃしない。

金や食い物を持っていたのは米兵だけさ。奴らにはＰＸってのがあって、こいつはアメ公のためのデパートみたいなもんだが、米兵を誑《たら》し込めばそこの物資が容易《たやす》く手に入った。酒や煙草、コンビーフの缶詰なんかを闇市に卸せば、面白いように金になった。ラッキーストライク、キャメルをワンカートン、てな具合で、しけた日本の煙草とは段違いに旨《うま》い煙草だ。しょぼい日本の男たちが、食う物もないくせに有り金はたいてこの洋モクを欲しがった。パンパンが捨てた吸い殻を拾って吸う男もいたな。

二つ目は、俺が航空隊にいたってことだ。俺は闇市の連中から「特攻さん」と呼ばれていたんだ。その頃は、まず手に入らない革ジャンに白いマフラーをしてな、格好からして立派な特攻帰りだ。実際は調布飛行場にあった部隊の整備兵でしかなかったんだが、そんな格好をしていたから、誰もが特攻帰りの命知らずって一目置いていた。だからそういう商売もできたんだね。

　ああ、もうヤクザはいたよ。売春婦がちゃんと生きていたように、ヤクザも生き延びていたのさ。闇市を作ったのも連中だし、国が市民のために何かをやり遂げたなんてことは聞いたこともない。まあ、必要悪かね。なにせ新宿に闇市ができたのは、終戦からたったの五日かそこらだったんだから。もちろん国が作った市場じゃあない。作ったのは土地のヤクザだよ。「光は新宿より」ってのがスローガンだった。警察なんて何にも役に立たない時代で、治安はヤクザたちが護っていたんだな。なにせ不良外人たちが跋扈《ばっこ》していたし、そいつらは警察よりも立派な武装をしていたから、警察も手が出せなかったのさ。まあ、怪しげな奴らが怪しげなことを、血腥《ちなまぐさ》い格好でやっていたってことだ。

　怪しげって言えば、俺もその仲間だね。そう、俺だって経歴詐称だし、立派な兵隊じゃあなかった。体当たり覚悟で飛び立つ連中を、ただ帽子を振って送り出す兵隊だ。ろくなもんじゃない。兵隊としてだけじゃないな、まあ、日本人としても下のほうだな。鬼畜米英とか叫んでいたのが、ヤンキーのおこぼれで稼いで食ってたんだからね。まあ、そんなこんなで、ずる賢く生きていたわけだ。

　ああ、そうだった、俺の本名だったね。上野重蔵という名は、本者《ほんもの》の上野少佐殿から貰《もら》った芸名みたいなもんで、本当の名前は岩佐《いわさ》と言うんだよ。岩佐靖男《やすお》が俺の本名だ。もっとも、この本名もそれほど使っていたわけじゃあない。新宿では「特攻さん」と呼ばれていたが、他の所では「グンさん」とも呼ばれていたんだ。

もう一つの「グン」というのはね、軍神という意味だ。軍神の軍をとってグン。こいつは、大東亜《だいとうあ》戦争開戦の火蓋《ひぶた》を切った真珠《しんじゅ》湾攻撃の時に、「甲標的《こうひょうてき》」という特殊潜航艇に乗って戦死した九軍神の一人、岩佐直治《なおじ》中佐から来た綽名《あだな》だよ。そうさ、たかが整備兵の曹長だった俺には恥ずかしい綽名だな。しかもその曹長様は、終戦となったら調布からせっせと物資を持ち出して売りさばいたりしていたんだから、軍神どころか軍の恥だね。まあ、軍の金を持ち出して大金持ちになったもっと凄い奴もいたから、そっちのほうでも小《こ》者《もの》だな。そうやって小金を貯めこんでけっこう羽振り良く新宿で暮らしていたんだ。笹塚の実家は焼けちまってもう家族はそこにいなかった。埼玉のお袋の実家かなんかに疎開してたんだろうが、音信不通で、捜す気もなかった。

そんなある日だ、そう、最初に話した終戦翌年の春だよ。その日も、意気揚々と歩いていたんだが、ちょっとまずいことになってね、ああ、トラブルの相手はヤクザだ。と言っても、本物のヤクザじゃあない。愚連隊と言ったかね、不良外人のグループだ。当時は中国人、台湾人、朝鮮人の愚連隊がけっこう誕生していたんだよ。日本のヤクザたちとは上手くやっていたんだが、そいつらとは付き合いがなかった。

その日は、パンパンのほうの仕事でこいつらとバッティングして、まずいことになった。特攻帰りって肩書もこいつらには通用しなくて、逆に目の敵《かたき》にされたわけだ。そいつらに捕まったのは東口の外れだった。相手は五、六人いてな、あっと言う間に退路を塞《ふさ》がれちまって逃げることもできなくなった。拳銃はコルトをアメ公から仕入れて一丁持っていたが、いつも身に付けていたわけじゃない。ねぐらに隠してあったから、その日は丸腰さ。この通り、大男だから、まあ、喧嘩《けんか》には自信があった。一対一ならまずやられることはない。

だが、その日の相手は五人か六人いたからね、素手でやりあえば間違いなくやられる。さて、困った、どうしたもんかと思ったが、助《すけ》っ人《と》なんかどこにもいやあしない。通行人だって、触らぬ神に祟《たた》りなしで、みんな見ぬふりで、さっさと逃げちまう。相手が中国人なのか朝鮮人なのか分からなかったが、鉄パイプを持った奴もいたし、ドスをチラつかせている奴もいたな。こりゃあ、もう駄目だ、って思った時に、声が掛かった。連中の後ろから「おい、岩佐か」って言われたんだ。

愚連隊の後ろからやって来たのは、本物の特攻さんだった。そう、上野少佐だよ、俺の上官だった人さ。調布時代の部隊の戦隊長だ。ただの上官なんてもんじゃない。歴戦の強者だ。例のB29を何機も撃墜したスーパエースの戦隊長だ。その少佐殿が、俺とは違ってスーツにコートという姿で立っていた。俺はやばい状況のことも忘れちまって、恥ずかしくなったな。なにせ、こっちは革ジャンに白いマフラーまで巻いた特攻パイロットの格好をしてるんだからね。

「助けが要《い》るか、曹長」

と、上野少佐が笑って言った。愚連隊連中は訳が分からんという顔でいたよ。そりゃあそうだ。臨戦態勢でいる愚連隊に平気で近づくバカはいないからね。

「はッ、少佐殿」

と、俺も馬鹿みたいな返事をしたもんだ。それからは早かった。少佐殿は実は小柄なんだ。身長なんか俺の肩くらいしかないんだが、強い、強い。あっと言う間に五、六人いた愚連隊の連中を地べたに這《は》わせちまった。忘れていたんだが、少佐殿は空手の達人でな、たぶん四段か五段。そう、あんたと同じK大の、空手部にいたんだ。そのことは部隊にいた頃から噂《うわさ》で知っていたんだが、その時は忘れていたんだ。コートをはためかせてな、本当に目にもとまらん速さで全員をノックアウトだ。俺は当事者だったくせに、助太刀《すけだち》どころか、ただ呆然《ぼうぜん》とそんな少佐殿の動きを見ていたよ。愚連隊の連中が立ち上がれなくなると、息を乱すこともなく少佐殿は言った。

「岩佐よ、今、何をしてるんだ」

そう訊《き》かれたって、答えようがないだろう。闇をやっているとも言えないし、パンパンの用心棒をしています、とも言えんしなぁ。仕方がないから、

「無職であります」

と答えた。

「無職か。それにしては良い格好をしているな」

少佐殿はニヤリと笑っただけで、何も言わなかった。俺は、穴があったら入りたくなったよ。偽特攻帰りだからね、この俺は。相手はなにしろ本物の特攻帰りの戦隊長なんだから。

俺は命の恩人だからと、その後、飲み屋に案内した。いや、闇市の中にあるバラックの飲み屋じゃあない、本物の飲み屋だ。南口のほうにな、ちゃんとしたヤクザの姐《あね》さんがやっている店があったんで、そこに案内したんだ。愚連隊にはやられたが、日本のヤクザたちには顔が利《き》いたから、そんな店も知っていたのさ。そこじゃあカストリなんかじゃない本物の酒が飲めたんだよ、金さえ出せばね。無職だって言ったんだから金なんか持っているはずがないんだが、少佐殿はそれ以上は何も訊かなかった。まあ、格好を見て、俺がどんな生活をしているのかとうに察していたんだろうね。高い酒を酌《く》み交《か》わしながら、俺は訊いたんだ。

「少佐殿は何をされているんですか?」

「その、少佐殿ってのはやめんか。もう少佐じゃあないよ」

と少佐殿は笑って言った。そりゃあそうだ。日本には軍隊なんてもんはなくなっちまってたんだからな。

「俺はな、今、映画を観《み》てきたんだ」

って、そう少佐殿は言ったんだ。

「映画ですか……」

終戦からたった半年だったが、なんと映画もすでにあったんだよ。新宿のビルというビルはみんな爆撃で破壊されていたんだが、そんな半分壊れた映画館で、もう映画が上映されていたのさ。天井は爆撃で穴が開き、座席なんか焼けてなくなっていたけどな、コンクリートの上に腰を下ろして、食う物もないのに映画を観ていた奴もいたってことだ。忘れもせんよ、その時、少佐殿がこう言ったんだ。

「映画は……いいな。あれは、いい」

どんな映画を観てきたのかは知らんよ。だが、うっとりした顔で少佐殿がそう言ったんだ。

「そうだ、おまえ昔、満州の満映にいたって言っていたな」

そんな話に繋《つな》がったのか、どうか。よくは覚えていないが、気が付けば、映画の話をしていたような気がする。

「満映のことをご存じでしたか。ええ、いましたよ。入隊した時は満州でしたから。孫河の飛行第七十八戦隊にいたんです」

「そうだったな」

飛行戦隊の話をするのかと思っていたら、違った。話はもっぱら映画会社の「満映」のことになって、俺は昔会ったスターの李香蘭の話かなんかしていた。そしてな、最後はこんな話になったんだ。

「何もやることがないんだったら、岩佐よ、俺と一緒に映画を作るか」

酔っぱらっていたから、本当に少佐殿がそう言ったのか、言わなかったのか。まあ、酔うほどに、そんな話になっていったのかもしれない。たぶん、そうなんだろう。その証拠に、その後、上野事務所ができて、俺もそこで働くことになったんだから。

金？　ああ、映画を作る資金のことか……。金はあった。いや、俺の金じゃあない。闇で稼いでいたからって、俺の懐《ふところ》にあったのは小金で、映画を作れるほどの金じゃあない。映画製作の資金は少佐殿の金だ。そもそも少佐殿は多摩《たま》の出でな、実家は多摩の山持ちだったんだ。そう、東京の奥多摩だよ。実家から見渡す限りの四方の山は、みんな上野重蔵少佐の実家が持っていたそうだ。少佐殿は、そんな素封家《そほうか》の長男でな。だから山の一つも売れれば、映画の三本や四本くらい作れる金はすぐにでも用意できたんだ。戦後の農地改革は田畑が対象で、山林は対象外だったからな。それで少佐殿は持ち金で上野事務所を立ち上げて映画を製作し始めたってわけだ。自宅は、下北沢の守山《もりやま》って所に大きな屋敷を構えていたよ。成徳《せいとく》っていう女学校のすぐ近くだ。

その頃、下北沢も空襲でずいぶんやられていたが、焼け野原になったのは大原って地域で、北沢や守山は不思議と焼けてはいなかったんだ。だからな、下北沢でもその守山って所は焼け残っていて、少佐殿はやたらでかい屋敷にたった一人で住んでいた。守山は、下北沢では一等地で、もともとでかい屋敷ばかり建っていた。まあ、屋敷町かな。少佐殿の屋敷では、年寄りの女中が一人働いていたけど、そう、嫁さんはいなくて、本当の一人暮らしだった。そんなこともあって、俺もその屋敷に一緒に暮らすことになったんだ。そうだな、書生みたいな格好だったかね。寝起きも一緒で、何をするのも一緒だった。戦後で不自由な暮らしだったけど、いやぁ、楽しい時代だった。

以前話したと思うが、下北沢も当時から結構賑《にぎ》やかな街で、映画館も早くにできた。最初にできたのはオデヲン座だって？　インターネットじゃあそうなってた？　いや、そうじゃない。そいつはインターネットの間違いだ。最初にできたのは新映座で、オデヲン座になったのはその後だよ。オデヲン座になったのは、たぶん、一九五〇年よりも後だろう。最初は新映座だ。こいつも少佐殿と同じ奥多摩の資産家が作った映画館さ。だからそこじゃあ顔パスで映画も観ることができた。前にも話した通り、映画人もずいぶんと住んでいたし。今と違って、映画の街でもあったんだよ。

上野事務所の所在地は銀座だよ。下北沢の屋敷から事務所に通うのは自動車だ。そう、車さ。当時は車なんかに乗っている日本人はいなかった。俺が運転して銀座の事務所まで行くんだ。乗っていた車はアメ車だ。最初はスチュードベーカーって車で、後ろと前とが同じ格好をしている車だ。次に乗り換えたのがビュイック。馬鹿でかい車で、そりゃあパワーがあった。俺の家業は自動車整備だったからね、整備も運転もお手の物だし、ガソリンも新宿時代のアメ公の伝手《つて》で幾《いく》らでも手に入った。もちろん、煙草や食い物もね。不自由するものは何もなかったんだ。女もいたよ。新宿時代から付き合いのあった女性でね、顔も性格も本当にいい女だった。いやいや、結婚なんてする気はなかった。少佐殿と一緒に暮らしているだけで満足していたからね、他で所帯を持つなんてことは考えなかったのさ。

最初に製作したのは、あんたも資料で知っているだろう。『桜の国へ、一路』だ。そう、満州からの引揚者の写真だ。地味だったが、そいつが当たった。なにせその頃の日本人には身近な話だったからな。満州やソ連なんかからの引揚者が舞鶴《まいづる》に船で着くと、ラジオでその引揚者の名前が放送される。そいつを留守宅の者が必死に聴いている時代だった。反戦の写真もどんどん作られたが、『桜の国へ、一路』はそういった反戦映画じゃあなかった。あんた、話だけで観てはいないんだろう？　観れば分かるが、ただ強い日本の女を描いただけで、反戦をテーマにした写真とはちょっと違う。強《し》いて言えば、逆に男のだらしなさを描いた映画かな。だって、そうだろう、関東軍は悲惨な引揚家族を助けるようなことなんか何もしなかったんだから。無敵と言われた関東軍は日本人を見捨てて逃げ出した卑怯者《ひきょうもの》だからね。

いやいや、そんな悲惨な暗い映画ばかり作っていたわけじゃない。メロドラマだって作った。『暁《あかつき》の脱走』じゃあない。あれは兵隊と慰問団の女性との脱走劇だろう。あれは新東宝で田中友幸《たなかともゆき》が作って谷口千吉《たにぐちせんきち》が監督したやつだよ。上野事務所のやつは、『蘭《らん》の香り』だ。監督は林田修《はやしだおさむ》。中国女性と日本軍の軍医の話だ。これもヒットした。メロドラマなんだが、中身に嘘《うそ》がなかった。

そうだよ、上野事務所の写真は現実感のある偽物。社長の上野少佐殿は映画を、映画というものをとことん知っていた人だからな。嘘ッぱちをいかにして本物に見せるか……こいつをひたすら追い求めていたと言っていい。だからね、製作した写真は、みんなリアリティーのあるものばかりさ。いやいや、ドキュメンタリーじゃあないんだ。最初から、夢物語を現実に見せる……それが夢を作る最大の手段だと、社長の少佐殿は信じていたんだ。ああ、作るもの、作るもの、みんなヒットした。コケたものは一本もなかったよ。

ああ、コケた一本か。あんたが一番聞きたいのはこれなんだな。『スター誕生』だよな。前に説明しただろう、『スター誕生』がコケたっていうのは、公開を取りやめたからで、客が来なかったからじゃあない。なんで公開を賠償金まで払って取りやめたか……。分かった、話してやるよ。その代わり、この話は長い。覚悟して聞けよ。二人の人間の生き死にの話だからな。まず津田倫子という主演女優の話から始めるのが筋かね。いや、そうではないのか……。やはり、そいつは一人の男……そう、あの上野少佐殿、上野重蔵という男のことから話をするのがいいのかもしれない。これは、女の話というより、一人の男の話なのだからな……。そうさ、男のな、生き様の話だ。上野重蔵という男が、どう生きて、どう死んでいったか……一人の、類《たぐい》まれな男のな。これから話すのはそんな男の話だよ。

2

「その辺で停めてくれ」

上野重蔵が後部シートからそう告げたのは、車が新橋《しんばし》を過ぎて日比谷《ひびや》の交差点に近づいた時だった。

「どうかしましたか」

車の速度を落として岩佐はそう尋ねた。

「薬を買いたい」

「胃薬ですね？」

「ああ」

胃痛は、浴びるように酒を飲む上野重蔵の持病だった。時たま胃痙攣《いけいれん》を起こす。

「薬なら日活会館の所で買いますよ。先に店に送りましょう。薬は俺が買って来ますから」

その夜、上野重蔵は監督の篠山亮介と数寄屋橋《すきやばし》近くのクラブ「けいこ」で会う約束をしていた。新作の打ち合わせと、その企画の主演女優にと、篠山が言って来た娘に会うためだった。

岩佐は車をまず数寄屋橋に着け、そこで先に上野重蔵を降ろした。そのまま銀座通りをもう一度日比谷の交差点に向かって、日活会館の傍で駐車すると、会館の外れにある薬屋で胃薬を買った。胃薬は何種類もあったが、最近、上野重蔵が飲む薬はシロンと決まっていた。いろんな薬を飲んできたが、これが一番効くと言っていたのだ。今度は電通通りに車を移して駐車すると、岩佐はその胃薬を手にクラブ「けいこ」に向かった。

クラブ「けいこ」のママは仁科圭子《にしなけいこ》と言い、店には映画人が通うことで知られている。上野事務所がよく使う店ではなく、岩佐は「けいこ」に足を運んだことは二度しかなかったが、場所は覚えていた。小ぢんまりしたビルの地下にあるクラブ「けいこ」は、銀座のこの種の店としては小さなほうで、ホステスはたしか二人ほどしかいなかった。

時間がまだ八時前だったせいか、店の客は上野重蔵と監督の篠山だけで、ホステスの姿も見えない。岩佐はカウンターにいたママの圭子に挨拶《あいさつ》をして、ボックス席に座る上野重蔵に薬を渡した。

「ああ、悪かったな」

カウンターからやって来たママの圭子は、岩佐のためのグラスに氷を入れて、胃薬を飲む上野重蔵に笑って言う。

「なんだ、岩佐ちゃん、社長のお薬買って来たの？」

「ああ、日活会館の所の薬屋で」

二度ほどしか来たことのない岩佐の名前をママの圭子はちゃんと覚えている。整った顔立ちの小柄なママを狙《ねら》う客は多いと聞いていたが、このママにはとうに売り出し中の俳優がくっついていることは岩佐も聞いていた。可愛《かわい》い顔の皮を一枚剝《む》けば、したたかな商売女の顔が見えるという寸法だ。

「で、いつ出て来るんだ？」

と監督の篠山がママの圭子に苛立《いらだ》つように訊いた。

「もうすぐ来るわよ。遅れるような娘《こ》じゃないから」

圭子は笑ってそう応え、岩佐のグラスにウイスキーと水を注《つ》いだ。

遅れるような娘じゃない、とママが言ったのはホステスのことではない。ママの従姪《いとこめい》で、最近この「けいこ」で働く津田倫子という娘のことだった。一週間前からこの店で、つまみ作りや洗い方をしている娘で、長野の松本《まつもと》から東京に出て来たという。監督の篠山が、今度の写真でどうしても使ってみたい娘だと言い出したのだった。

「とにかく一度見てみて下さい。社長が駄目だ、と言ったら諦《あきら》めますが……そもそもその娘を見て、ああ、これならいけると、この企画を考えたんですから」

岩佐はこの話を聞いて、感心はしなかった。そもそも企画としては、陳腐なものだった。『スター誕生』はアメリカでも二、三度映画化されているものだったし、『スター誕生』そのものが『ピグマリオン』という古典が元々の話なのだと聞いている。男の大スターが若い素人《しろうと》娘をスターに仕立てる、そして自分は落ち目になって……というストーリーだ。岩佐が観ていたのはハリウッドの、ジュディ・ガーランドが主演の『スタア誕生』だけだ。その作品でカムバックを果たしたジュディ・ガーランドはゴールデングローブ賞を受賞し、アカデミー賞にもノミネートされたが、そもそもジュディ・ガーランドは子役時代から有名だった人気スターで、素人女優が主演をはった映画ではない。それを篠山は素人の田舎《いなか》娘を使ってやりたいと言って来たのだった。篠山から持ち込まれたこの企画に、

「どうだ、面白そうか？」

と訊く上野重蔵に、岩佐は最初、首を傾《かし》げた。篠山は若手では有望な監督だが、そもそも企画が陳腐すぎる。しかも、主演を素人娘で撮ると言う。今、売れっ子の美空《みそら》ひばりあたりで作れば当たるのかもしれないが、そんなものは上野事務所が作る作品ではない。企画、企画と篠山は言うが、ハリウッドの二番煎《せん》じであることに変わりはない。だが、上野重蔵の判断は違った。企画そのものは斬新とは言えないが、素人を主演にして撮るという危ういところに社長の上野はむしろ関心を持ったのだ。

「確かに新しい話じゃないがね、本物の女優を作る話は悪くないかもしれない……要は、見つけてくるその素人次第だろう」

　と上野重蔵は言った。

「その代わり、主演女優以外はすべてをベテランで固める。そうなると、問題は監督だな。肝心の篠山自身が不安だからな」

　上野重蔵は、そう言って笑った。ただ、監督が新人で不安だからと言って、篠山を外すことはできなかった。彼が企画者だったからだ。

　そんなこれまでの上野重蔵とのやりとりを頭に思い浮かべる岩佐の前に、ママの圭子が一枚の写真を取り出して見せた。

「どう、岩佐ちゃん、可愛いでしょう、これ？」

　見せられた手札サイズのスナップ写真にはあどけない顔の娘が写っていた。日本風の可愛い顔立ちのおかっぱ髪……。岩佐の目にまず飛び込んで来たのはその娘の八重歯《やえば》だった。にっこり笑った顔に、その八重歯が可愛い。

「似ていないねぇ」

　と上野重蔵が言った。

「母親に、ですか？」

「ああ。あの人はどちらかと言えば洋風の顔立ちだっただろう」

と上野重蔵は言った。

「そうねぇ。この子は父親似なのよね」

「母親って、誰のことです？」

そう訊く岩佐に、ママの圭子が答えた。

「津田貴美子《きみこ》よ、私の従姉《いとこ》」

「津田貴美子の？」

「この娘《こ》は、だから私の従姪」

「へぇー、ママは津田貴美子の従妹なの？」

「そうよ、知らなかった？」

津田貴美子は戦後の一時、何本かの映画で主演をつとめた女優だった。岩佐も彼女が出ていた映画を二、三本観た記憶がある。津田貴美子は日本の女優にはちょっと珍しいほど洋風な顔立ちをした女優だった。上野重蔵が口にしたように、確かにテーブルの上の写真の少女とは似ていない。岩佐はもう一度写真を手に取って見つめた。日本風の顔立ちなのに愛らしい印象なのは、やはり八重歯のせいだった。

「いやぁね、それじゃあ、岩佐ちゃん、私のことも知らないの？」

「ママのことか？　知らんな」

「そうよ。私だって女優だったんだから」

とママの圭子は笑った。

「ただ、貴美子みたいに売れなかっただけ」

「へぇー、そいつは知らなかった、申し訳ない」

思い出した。思い出したのはママの圭子のことではなく、津田貴美子のことだ。シネ東《とう》だったか、売り出してしばらくして津田貴美子は映画界から消えたが、消えた理由は男ができたからだと言われていた。相手は妻子持ちのカメラマンで、会社は懸命にそんな事情を隠したが、妊娠が発覚して結局は女優の座を捨てる結果になったのではなかったか。当時、ちょっとした芸能界のゴシップになったはずだ。

「どう、岩佐ちゃん？」

と訊いてきたのは篠山だった。さほど興味を示さない上野重蔵に不安を感じて、岩佐を援軍にしたいらしい。

「八重歯が……目立ちますね」

岩佐はそう応えて、写真をテーブルに戻した。

「いいわよ、社長が嫌だと言ったら、角《すみ》ちゃんに見せるから」

角ちゃんとは、角谷正幸《すみやまさゆき》という日《にち》キネの専務のことだ。クラブ「けいこ」には映画各社の重鎮が客として何人もいる。ママの圭子は、いずれにしてもこの姪っ子をどこかの映画会社に売り込むつもりのようだった。

「あ、来たわ」

と言って圭子は立ち上がった。髪の毛を後ろで三つ編みにした一人の少女が、店の入り口に立っていた。

3

ああ、津田倫子の第一印象かい？ そいつは写真を見た時と同じだ。なんだか貧相な、田舎臭い少女に見えた。着ているものも白のブラウスに紺色のスカートで、髪も後ろで三つ編みにしている、どこかの女学生のようだったしなぁ。東京に出て来たのは看護学校に入るためだったと、後でママの圭子から聞いたよ。

体も痩《や》せていて小柄で、目を引くところは、そう、あの八重歯だけだった。だから、俺たちに頭を下げてにっこりすると、八重歯が目立った。そして、不思議なことに、そうやって微笑《ほほえ》むと、それまでの印象が、がらっと変わった。何ということのない田舎娘が、とつぜんシンデレラのように可愛い娘に変わるんだ。まさに激変と言って良かった。いやいや、そうじゃない。その可愛い八重歯に惹《ひ》かれて抜擢《ばってき》を決めたわけじゃあない。その逆だよ。上野少佐殿は、その八重歯を見て、後で俺に言ったんだ。

「あれは、気の毒だが、駄目だな。篠山には悪いが、あの企画はボツだ。おまえさんからあいつにそう言ってくれ」

そう、俺も反対はしなかったよ。少佐殿の目はいつも確かだったからね。そもそも篠山が持ってきた企画は、本物の女優をドラマなのか事実なのか分からん形で映画にしようというものだったからな。素人っぽさは最初だけで、最後は本物のスターにさせなくてはならない役なんだ。八重歯の田舎娘のまんまで終わっちゃあ、『スター誕生』にはならんだろうが。可哀想《かわいそう》だが、津田倫子にはそんな可能性はなかった。まあ、結果的には、少佐殿も俺も見る目がなかったというわけだがね。最初は俺も駄目だと思ったよ。

だが、篠山は俺が駄目だ、諦めろ、と言ってもまだ、じたばたしていた。

「日キネが、あの娘《こ》と契約するって言ってるんだ。何とかして下さい」

と泣きついてきた。本当か、と思ったよ。日キネの専務だった角谷はなかなかやり手だと聞いていたし、スター発掘の目は確かだったからな。もっとも、こうも思った。ただの、普通の写真だったらあの娘でも使えるのかもしれんと、そうは思った。ただ、『スター誕生』の企画はスター発掘のオーディションじゃあないんだ。作品の成否が懸かっている役だからな、間違うわけにはいかんのよ。そうは言っても、篠山が哀れで、仕方がないから小林《こばやし》を引っ張りだした。小林ってのは、小林吾郎《ごろう》のことだよ。当時、小林吾郎は最高のカメラマンで、上野事務所作品の五割以上は彼がカメラを担当していた。とにかく女を撮るのが上手くてな、小林以上のカメラマンはいなかった。そう、その小林を連れてもう一度、数寄屋橋のクラブ「けいこ」に行ったんだ。玄人《くろうと》も玄人、ベテラン中のベテランのカメラマンに判定させれば、篠山も諦めると、そう思ったわけだ。

津田倫子は最初に会った時と同じ格好をしていた。白のブラウスに、紺色のスカート……髪の毛も、例の後ろで三つ編みにしたお下げだよ。

「どうです、小林さんから見て」

と訊いたのは、俺じゃない、監督の篠山だ。小林は不思議そうな顔で田舎娘の顔を見ていた。素人には分からんだろうが、実際の容姿と、カメラで撮ったスクリーンの容姿とは実は違う。スクリーンはでかいし、カメラを通したものは大抵現実よりも大きくなるんだ。だからスクリーンで大柄に見える美人女優も、実際に会ってみると意外に小柄だったりする。素人じゃあ駄目だが、プロ中のプロの小林なら、スクリーンに映し出された時の顔が分かるんだ。

「あんた……津田さんの娘さんか……」

と、カメラマンの小林が言った。

「そうよ、この子が貴美子の娘さん」

ママの圭子がそう説明するのに、

「お母さんは、お元気かい？」

と小林は言い、実は以前に彼女が主演した作品のカメラを担当していたのだと懐かしそうに話したんだ。

「はい、元気にしています」

と、津田倫子は答えた。

元映画スターだった津田貴美子がどんな暮らしをしているのかを、俺はその時に知った。当時、津田貴美子は郷里の松本で老舗《しにせ》旅館の仲居をしているとのことだった。

それで、どういうことになったのか？　要するに、プロの目と俺たちの目とは違ったってことだ。

「大丈夫ですよ、撮れますよ」

と小林が言ったんだ。意外な返答さ。いや、昔に知り合いだった津田貴美子を斟酌《しんしゃく》しての判断じゃあない。小林は女優を撮らせたら一番という名カメラマンだったからな。それに、小林は、『スター誕生』がどんな企画なのか、そいつも熟知していた。つまり、この田舎娘をスターにできる、とカメラマンとして保証したんだ。そりゃあ驚いたさ。俺の目なんてものは節穴《ふしあな》かもしれないが、上野少佐殿は違う。少佐殿が間違いを犯すなんてことは、まず考えられんことだったからね。その少佐殿が駄目だと言い、名人カメラマンの小林が、いける、と言う。間に挟まれた俺は、どうしていいのか分からなくなった。

「私としては、この子を上野さんに託したいのよね。つまらない役でデビューなんかさせたくないの」

とママの圭子は言っていたな。日キネの角谷は契約はするが、どんな写真でデビューさせるかは、まだ何も言っていなかったんだ。監督の篠山は、

「これは僕の人生を懸けた写真なんだ。岩佐ちゃん、助けてくれ、頼む」

と手を合わせる始末だ。いや、参った、本当に参ったな、あの時は。それでどうしたかって？　電話をしたよ。少佐殿にだ。少佐殿はその晩は「けいこ」の近くで飲んでいるのを知っていたからな。どうせ帰りは車で迎えに行くことになっていたし。飲んでいる相手は三船《みふね》さんだったか鶴田浩二《つるたこうじ》だったか、覚えていないが大物の俳優だったな。嫌だったけど、とにかく小林さんと篠山に挟まれて、困り果てていたから電話したんだ。これから迎えに行きますから、こちらへ顔を出してもらえませんか、ってさ。ああ、来てくれたよ。嫌な顔もせずに。篠山と二人だけだったら断られていたかもしれんがね、小林さんと一緒だったから仕方なく来てくれたんだと思う。

席に着くと、少佐殿は津田倫子を呼んでこう訊いたんだ。

「きみは、お母さんのような女優になりたいのかい？」

俺はその時の津田倫子の返答に、飲んでいた酒を噴き出しそうになったよ。津田倫子はこう言ったんだ。隣に座るママの圭子を横目で見ながら、

「……そうでもありません……」

と答えたんだ。青くなったのは篠山だよ。必死で津田倫子の起用を訴えているのに、肝

心のその娘が、別に女優になんかなりたくありません、と答えたんだからさ。

「じゃあ何になりたいんだい？」

苦笑いでそう訊く少佐殿に、彼女はにっこり笑って、こう言った。

「看護婦さん」

そう、思い出したよ、母親の津田貴美子がデビューした映画を。そいつは看護婦が主役のメロドラマだったんだ。大した写真じゃあなかったが、当たった映画だ。それで津田貴美子は売り出したんだよ。

ずっと後になってからだが、少佐殿が言ったんだ。あの時、津田倫子がどうしても女優になりたいって答えていたら、たぶん、『スター誕生』は作らなかっただろう、ってな。

「そうでもありません」

と従叔母《いとこおば》の顔を窺《うかが》いながら答える津田倫子の表情に、少佐殿は何かを見つけたんだ。それがどんなものなのかは、俺には分からん。お下げ髪の、本当に田舎臭い少女だったんだから。

それからもいろいろあったがね、何もかもがすんなり行ったわけじゃあない。ただ、いずれにしてもこの時に津田倫子を主役にする『スター誕生』の製作が決まったんだ。この記憶に間違いはない。まさに、運命の一瞬だな。

スタジオは、遠かったが神奈川県藤沢《ふじさわ》にある、シネ東の撮影所を借りた。当時は、映画各社ともそろそろ製作本数が減っていた頃だったから、スタジオも借りやすくなっていたんだ。ただ、撮影は大変だった。通常の撮影とは違って、手法がドキュメンタリータッチだったからだよ。スタジオを借りて、セットを建てて、はい、撮影ってわけにはいかないんだ。ど素人の田舎娘がいかにしてスターになるかを、半分ドキュメンタリーの形でドラマにしていくんだ。だから、セット以外の撮影も多かった。

　脚本は野口《のぐち》功《いさお》。野口さんは当時トップクラスの脚本家で売れっ子だったが、これも少佐殿が口説《くど》いて連れて来た。第一稿は監督の篠山が書いたが、それを野口さんが書き直した。これも通常の作品と違って大変だったよ。半分がドキュメンタリーのような内容だから、脚本も完全に出来上がったものを撮影するわけじゃあなくて、撮影現場で書き直したり、その場の状況で変わったんだ。だから野口さんも始終現場に来ていたし、当日、その場で新しいシーンを書き足したりしていたのさ。

　いや、ドキュメンタリーだからって、ドラマがないわけじゃあない。むしろあり過ぎた。この俺が耐えられんようなこともあったしな。一番耐えがたかったのは……あの、八重歯だ。初めのほうで話しただろう、津田倫子の最大の特徴だったあの可愛い八重歯だよ。ただの田舎娘がにっこり笑うとシンデレラのように雰囲気が変わった、あの八重歯だ。そうだよ、その八重歯を抜けと言ったんだ。そう命じたのは、少佐殿だよ、監督の篠山が言い出したわけじゃあない。少佐殿は、八重歯を抜かなかったら『スター誕生』の製作をやめる、とまで言ったんだ。

　そりゃあ津田倫子は驚いただろう。契約にそんな条件はなかったし、歯を抜くなんてことは一度も聞いていなかったんだから。当人だけじゃなくて、監督の篠山も、そんなことはしなくていいと思う、と言ったんだ。カメラマンの小林？　小林さんは、何も言わなかったな。あの人は、『スター誕生』がどんな企画でどんな作品になるかをよく知っていたからね。だがね、製作をやめる、とまで言われたら、それに逆《さか》らえる者はいないからな。他の映画会社ならプロデューサーより監督のほうが力があって、監督大将だろうが、上野事務所はそうじゃない。上野重蔵がただの雇われプロデューサーじゃあないからだ。自分の懐から金を出す本物のプロデューサーだから、監督なんかただの使用人みたいなものさ。

　少佐殿が駄目だと言ったら、監督の首そのものが飛ぶ。だから少佐殿が津田倫子の八重歯を抜く、と決めたら抜くしかないんだ。そう、そこが上野重蔵という男の、怖さだ。津田倫子の八重歯を抜くと言って、あの娘《こ》が泣いても顔色一つ変えやしない。説得は、篠山がしたんじゃないよ。松本から母親の津田貴美子を呼びつけて娘の説得に当たらせたんだ。津田貴美子だって喜んで説得したわけじゃあない。ただ、やっぱり彼女にも夢があったんじゃあないかね。自分が果たせなかった大スターへの道を、娘に歩ませたいっていう夢だ。つまらん男に引っ掛かって、自分はその夢を捨てなくちゃあならなかったが、今度は娘にその夢を摑《つか》ませたいっていうことだ。だから、津田貴美子は説得役を引き受けたんだと思う。

あれは……そう、津田倫子が病院に連れて行かれて歯を抜く日だった。いや、そこらの歯医者なんかじゃあないよ。八重歯を抜くと言ったって、左右の八重歯を二本抜くだけじゃあ済まないんだ。結局は前歯のすべてを抜かなきゃあならんから、大きな病院の歯科じゃないと手術ができなかった。そして、その病院の暗い廊下で、津田倫子が少佐殿を見つめて、

「鬼」

と小さな声で言ったんだ。涙でぐしょ濡《ぬ》れになった顔でな。

その時に病院に来ていた奴か？　みんないたよ。衝撃だが、少佐殿の指示で、その場面も撮影していたんだ。だから監督の篠山もいたし、相手役の山本一夫《やまもとかずお》もいた。ああ、あの山本一夫さ、当時のトップスターのな。津田倫子をスターに仕上げる映画監督の役をあの大スターが演じていたんだ。

それに、母親の津田貴美子も来ていた。監督の篠山は、お笑いだが、まるで役立たずだった。倫子を慰めることもできやしない。今でこそ、巨匠とか名匠とか言われている監督だが、その頃はまだぺえぺえで、スタッフの統率力なんてもんもありゃあしなかったよ。

それでも撮影が順調に進んでいたのは、上野少佐殿がすべてのスタッフを一流のベテラン

で固めていたからさ。脚本家も、カメラマンも、助監督たちもな。

ああ、抜歯の手術か。そりゃあ手術は大変だった。三時間以上もかかったんじゃあないかな。手術が終わって、大きなマスクをした倫子の面倒を誰がみたかって言えば、そいつも状況を見ればおかしなことだったが、母親じゃあなくて、何と抜歯を命じた少佐殿だった。麻酔でふらふらになっていた津田倫子を長いこと、そっと抱えていたよ、少佐殿は。鬼、と呟《つぶや》いた倫子も、なぜか抱かれたままでいた。他のスタッフは声もなし、だ。監督の篠山なんかは、一番で逃げ帰ったんじゃなかったかな。

八重歯を抜かれた倫子がどうなったか？　そうだね、それが良かったのか悪かったのか、誰にも分からん。ただ、倫子が様変わりしたのは本当だ。そう、まったく違う女になった。八重歯を抜かれて愛らしさは消えたが、そうだよ、ぞっとするほどの綺麗《きれい》な女になった。いやぁ、こんなに美人だったかと、たまげるほどの。

お下げ髪の少女が、妖艶《ようえん》に思えるほどの美女に変身したんだ。まさにスター誕生の瞬間だったのかもしれない。少佐殿は、そんな変身を見抜いていて抜歯の指示をしたのかな。いや、俺は、そうではなかったんだと思う。誰一人、そこまで倫子が変わるとは考えていなかったと思う。そうさ、誰一人な。

4

渋谷の病院にいる助監督の梶行雄《かじゆきお》から連絡があったのは、もうすぐ十二時になろうかという頃だった。

「梶さんからの電話で、やっぱり無理そうだということです」

助監督のセカンドをやっている三島《みしま》が食堂に知らせに来て、岩佐は監督の篠山が入院するほど重症だと知った。

「そんなに酷いのか」

「心配なので、取り敢えず入院させたいって、梶さんが言っているんですが」

監督の篠山が昨夜から調子が悪いことは知っていた。発熱と吐き気が酷く、どうやら食中毒らしい、ということだった。

「すぐ入院させなさい。大事になっては困るからね」

と食堂のテーブルを挟んで腰をおろしている上野重蔵がそう指示した。食堂には、ほとんど毎日待機している脚本家の野口功の他に、珍しくプロデューサーの上野重蔵も顔を見せていたのだ。

「そうですね、そのほうがいいでしょう」

岩佐はすぐ撮影の中止をスタッフに告げた。その日の撮影はロケではなくセットで、津田倫子がピアノを弾くシーンだった。監督を入院させることは良い判断だと思ったが、この突発事態は撮影の進行にかなりの影響を及ぼす。問題は、篠山の容態で、どのくらい入院していなければならないのか、金を預かる岩佐にしてみれば、そのことが一番の関心事だった。撮影の遅延は、資金のやりくりに大きく関係するからだ。シネ東から借りているスタジオの費用も、使わないからといって値引きされるわけではない。一日、一日、多額の金が消えていくのだ。もっとも、上野事務所の金庫番で、資金繰りなどすべての実務をこなす岩佐も、実際の撮影での製作担当者ではなかった。『スター誕生』の製作担当は宝《たから》田《だ》という男に任せていて、上野事務所で専務の肩書きである岩佐は上野重蔵の秘書のような存在であり、津田倫子の世話を焼く役割を担っていた。

「もう昼時だね」

と上野重蔵が言い、

「昼飯でも食おうか……野口さん、あんたも一緒にどうだい？」

と同じ席にいた脚本家の野口に声を掛けたが、野口は、このまま家に帰るとこの誘いを断った。

「そうか、それは残念だな。時間が空いたんなら、久しぶりに鎌倉まで出てみようかと思ったんだが」

「鎌倉ですか」

と岩佐は訊き返した。シネ東の監督やお偉いさんは、この食堂で飯など食わず、撮影所のすぐ近くにある食堂によく行くことを知っていたから、その店に行くものと思っていたのだ。

「鎌倉山の上に、旨い肉を食わせる店があるそうだ」

「そいつは知りませんでした」

「そうだ、リンコは今、どこにいる？」

津田倫子のことをみんな、「リンコ」と呼ぶようになっていた。本名は倫子と書いて「さとこ」と読むが、スタッフも上野事務所の社員たちも、誰もが「リンコ、リンコ」と呼んでいたのだ。

「たぶん結髪でしょう」

と岩佐は答えた。結髪とは「ケッパツ」と呼び、役者の髪を整える仕事である。

「どうせ今日の撮影は中止なんだから、あの娘《こ》も呼んでやったらいい」

「そうですね……捜して来ましょう」

そう応えて岩佐は席を立った。

津田倫子は岩佐が思った通り、結髪にいた。撮影が始まった頃は、常に母親の津田貴美子が付き添って何も分からない倫子の面倒をみていたが、もうその頃は一人で来ていることが増えていた。それでも母親なしでは心細いのか、倫子は空いている時間があれば結髪の部屋に入り浸っていた。結髪に古くからいる杉田《すぎた》あやという女性が、ことのほか倫子を可愛がり、倫子も結髪にいるのが一番心地がいいようだった。

「お昼ですか……でも、お弁当がありますから」

と結髪の部屋にいた津田倫子は、突然現れた岩佐を驚いた目で見て言った。手に取って見せた弁当は、仕出しのものではなく、母親の津田貴美子の作ったものだ。例の八重歯の抜歯手術のしばらく後から、倫子と母親は下北沢の上野邸で暮らすようになっていた。

「弁当は持って帰ればいいよ。何なら俺が後で食ってやる。社長が鎌倉まで行くと言っているんだ」

「鎌倉ですか」

「ああ。社長と一緒だから、旨いものが食えるぞ」

と岩佐が言うと、結髪の杉田が、

「いいなあ、私も行きたい。行きなさい、行きなさい、チャンス、チャンス！」

と言い、笑って倫子を急《せ》き立てた。

岩佐は社長の上野重蔵と津田倫子を車に乗せ、そのまま鎌倉に向かった。乗っていた車はもうバカでかいアメ車のビュイックではなく、イギリス車のジャガーだった。故障が多かったが、乗り心地は最高で、馬力もあった。

藤沢の撮影所から鎌倉までは、ほんのひとっ走りの距離だった。上野重蔵が指示した店は鎌倉山のてっぺんにあり、その近くからは湘南の海が一望に見渡せた。

「……凄い……！」

上野重蔵の後から車を降りた津田倫子の、これが第一声だった。広がる海を呆然と眺める津田倫子に、上野重蔵が笑って訊いた。

「海を見るのは、初めてなのか？」

「はい、初めてです。見たこと、ないんです」

津田倫子は海原《うなばら》から目を離さずに答えた。そして独り言のように呟いた。

「わたし……海が好き……」

その津田倫子の横顔を見て、岩佐はあらためてその美しさに驚いた。海からのそよ風に、柔らかそうな黒髪が微《かす》かに靡《なび》く……。綺麗だな、と思った。カメラマンの小林でなくても、今ならこの美しさが分かる。日本の美少女とは、こういう娘のことを言うのか……。この内心の感嘆に、どうしてか、岩佐は胸が苦しくなった。

その日は、店の名物であるらしいローストビーフを食べた。これも田舎娘だった津田倫子には初めての料理らしく、嬉《うれ》しそうにフォークとナイフを手にした。そしてそのフォークとナイフの使い方を上野重蔵は優しく津田倫子に教えた。

岩佐は、そんな上野重蔵を見てまた驚いた。長いこと生活を共にして、それこそ女遊びまで一緒にしてきたほどの間柄だったが、岩佐はこれほど優しげな上野重蔵の顔を見たことがなかった。別にそれまでも女に邪険だったわけではない。上野重蔵はどんな相手に対しても、接する態度は同じで、娼婦にも敬語を遣《つか》っていた。だが、言葉や態度は優しくとも、その目はいつも厳しく、柔和とはほど遠いものだった。そんな上野重蔵が、今は違う……。岩佐は先ほどレストランの入り口で海原を見下ろしていた上野重蔵の姿をもう一度思い出した。津田倫子と肩を並べて海原を見下ろす上野重蔵の目は、その時も、あくまでも優しかった。

「そうか……そんなに、海が好きか」

「ええ、好きです」

と幸せそうに津田倫子は答えた。上野重蔵を、鬼と言った少女は、もうそこにはいなかった。そして、そんな倫子にフォークとナイフの使い方を教える上野の姿は、『スター誕生』の相手役、映画監督役のスター、山本一夫と錯覚するほど、岩佐には適役に見えた。

岩佐が十五年近くも暮らした上野重蔵の屋敷を出たのは、その日から一週間後のことだった。

「うるさいんですよ、一緒に暮らしてくれって。別に籍を入れろって言ってるわけじゃあないんですが、まあ、根負《こんま》けですかね」

と、岩佐は上野重蔵に屋敷を出たいと決めた理由を話した。半分は本当で、半分は違う理由だったが、

「どうしたんだ、突然」

と訊く上野重蔵に、屋敷を出る理由を、岩佐はそう説明した。その頃岩佐が関係していた女は岡田悦子《おかだえつこ》と言い、新宿のキャバレーでホステスをしていた。彼女の住まいは下北沢から一駅先の世田谷代田《せたがやだいた》で、その気になれば上野重蔵の守山の屋敷から歩いても行ける距離だった。

「不便は掛けませんよ、すぐ近くですから」

「そうか、出て行くのか」

上野重蔵はそう言ったが、それ以上の質問はしなかった。屋敷には津田母子が一緒に暮らし、上野重蔵の世話は年寄りの女中の代わりに倫子の母親の津田貴美子がほとんどやっていたのだ。だから書生代わりの仕事はもうなくなっていて、上野事務所の役員の役目と車の運転、そして津田倫子の世話をしていれば岩佐の仕事は終わった。実際に、岩佐の仕事はそれまでとそう変わることはなかった。世田谷代田の女のアパートから上野重蔵の屋敷まで通うことが加わっただけで、独り寝が、悦子を抱いて寝ることに変わっただけだった。

仕事の一つである津田倫子の身の回りの世話も、当初とは違って苦労はなくなってい

た。撮影の現場にも馴染《なじ》み、岩佐の手を焼かせることもなかった。現場での評判も良かった。スタッフたちは「リンコ、リンコ」と呼んで彼女を可愛がったし、女優としてもうズブの素人ではなくなっていた。相手役の大スターの山本一夫が、
「いいね、あの子は。いったいどこで見つけて来たんだ？」
と岩佐に尋ねるほど、芝居もそれなりにできるようになっていた。

篠山の食中毒は当初案じたほど酷くはならず、幸いにも入院は二日で済んだ。撮影の遅延はわずか三日だけで、その後の撮影はそのまま藤沢の撮影所のセットで続行されたが、そこでちょっとしたトラブルがあった。撮影そのものに支障はなかったが、津田倫子の演技に監督の篠山が異常とも思える注文を出したために遅れが生じたのだ。その日は津田倫子がピアノを弾くシーンを背後から撮っていたが、その演技に篠山は満足せず、何と八十回もやり直させたのだった。

そもそも倫子はピアノが弾けなかった。中学の頃に学校にあるオルガンで簡単な曲を弾いた程度しか鍵盤《けんばん》に触れたことがなく、撮影はそれでも問題はないはずだった。なぜなら、『スター誕生』の主人公の設定は貧しい家庭に育った少女で、文字通り津田倫子の実像と同じだったから、ピアノを巧《たく》みに弾ける必要などなかった。

だからこの演技に対するダメ出しは、ただの篠山の気負いから来るパフォーマンスだと

周囲の誰もが思った。助監督たちも、カメラマンの小林も、そしてセットの脇でこの撮影を眺めていた岩佐も、篠山のこの仕事ぶりに内心苦笑していた。つまらんところで監督の権威を見せつける……青二才のやりそうなことだな、と岩佐は呆《あき》れた。役者が違ったら篠山はこんなことはしやしない。事実、ベテランの大スターである山本一夫には、たったの一度も注文をつけたことはないのだ。素人女優に、背中で演技しろ、などというダメ出しは、土台無理な注文だった。散々に絞られていた当の津田倫子は、それでも懸命に演技を続けていた。泣きもせず、監督の指示するまま、必死にピアノを弾く姿は健気《けなげ》だった。

こんな事件があった頃から、スタッフの雰囲気は少しずつ変わっていった。要するに、ギクシャクし始めたのだった。他にも理由があった。篠山は映画会社と専属契約をしている監督ではなかったし、スタッフについても、各映画会社所属の監督たちのように何々組と呼ばれるような自分のチームを持っているわけではなかったからだ。助監督たちもそれぞれがフリーの立場の人間で、助監督の梶以外はこれまで篠山に付いたことのない人間ばかりだったのだ。

それ以降、助監督を始めとして、カメラマンの助手たちや照明の連中たちが、それまで以上に津田倫子を可愛がるようになったのだった。

このピアノ騒動から一週間か十日経った頃だった。ロケ先のバスの中で仕出しの弁当を食べていた山本一夫が言った。

「たまげたな」

「何が、です」

と様子を見に来ていた岩佐は訊いた。箸《はし》を止めて山本が言った。

「リンコだよ」

「リンコが何かしましたか？」

「そうじゃない、芝居だよ。芝居がガラッと変わった……凄いね、あの娘《こ》は」

山本は津田倫子の芝居が変わったと言ったのだ。

「いやぁ、参った。あれじゃあ、こっちが食われる。まったく凄いのを見つけてきたねえ」

このベテランの大スターが感嘆しながらそう呟いた。

「そう思いますか」

「ああ、思う。お笑いだが、あんな芝居をされると、こっちがおかしな気になるよ」

と山本は苦笑した。あんな芝居、とはベテランの最大の褒《ほ》め言葉だった。

「おかしな気ですか……」

「ほら、近眼の女の子に見つめられると、おかしな気分になることがあるだろう。あれと同じだ。ひょっとして俺に気があるんじゃないのかって。近眼だからそんな目つきになるんだと分からずに誤解するってやつ。リンコの芝居もそれに似ている……あんた、知ってるのか?」

「知ってるって、何をです?」

「誰か、好《い》い男でもできたのかって意味。芝居が変わったってのは、そういうことかってことさ」

「さあ、そいつはどうか……知らんですねぇ」

岩佐はそう応えたが、なるほど、という心当たりはあった。心当たりの主は助監督の三島のことだった。セカンドを務める助監督で、三島が津田倫子にその気になっても不思議ではなかった。東大出の三島は長身の、それこそ役者にしてもいい二枚目の若者だったし、津田倫子と並べれば、似合いのカップルではあった。

「本当かね。何となくそんな気がするんだけどなぁ」

と山本は首を傾げた。

上野の屋敷を出た岩佐は、以前とは違い、四六時中津田倫子の生活を傍で眺めているわけではなくなっていた。だが、山本に言われたことが気にはなった。津田倫子は上野事務所所属の女優として売り出されることを約束されている。まだ二十歳《はたち》にもならないスターの卵に問題が起きたら大きな損失になる。これからという若い女優にとって最大のマイナスは、男ができることなのだ。現に倫子の母親がそうだった。大したことのないカメラマンと不倫の恋をして、せっかくのスターの座を投げ出した女優だ。母と同じような過《あやま》ちはさせたくない……。
　岩佐は山本のこの感想を耳にしてから、それまでとは違った目で津田倫子を見るようになっていた。そして、山本の言葉が確かなものだと思った。間違いなく津田倫子の芝居が変わっていたのだ。どことなくおずおずとしていた演技が変わり、ベテランを相手にしても怖《おじ》けることのない自信に満ちた演技で立ち向かうようになっていたのだ。そして、岩佐の想像通り、倫子の相手はあのセカンドの助監督の三島に間違いないように思えた。撮影中に津田倫子の世話を細々《こまごま》と焼く三島が倫子に対して特別な感情を持っていることに、岩佐だけでなくスタッフの誰もが気付くようになっていたのだ。上野事務所の運営を実際に預かる岩佐にしてみれば、そんな状況は、微笑ましい出来事と眺めていられるものではなかった。新人のスターとしてデビューもしないうちに男ができる……これを何が何でも阻止するのが、岩佐の役目でもあった。

5

　ああ、三島優一《ゆういち》のことか。助監督の三島だな？　そりゃあ、あんたが知らなくたって仕方がない。ありゃあ監督として大成しなかったからな。ああ、監督にはなったが、巨匠って言われるようになった篠山とは違う。二本か三本くらい何か撮ったが、どれも大したもんじゃない。大体、監督としては線が細くて頭が良すぎた。なにせ東大出の秀才だったからな、あいつは。土台、映画監督なんてもんは、頭なんて良くなくたっていいんだ。あんたも分かっているだろうが、監督は、いったん撮影が始まれば何百人かいるスタッフのてっぺんに座るお山の大将だ。何々天皇と言われるように、文字通りスタッフの上に君臨するのが監督だ。子分のスタッフを引き連れて、のし歩く存在になる。その御大将が、統率力がなかったらどうなる？　いやいや、実際に統率力なんかなくたっていい。自分にはそれがある、と思い込んでいるだけでいいんだ。

まあ、名のある監督ってのはみんな女々《めめ》しい奴と決まっているがね。それでもどこかにカリスマ性がなくちゃあならない。そこがハッタリ屋の篠山と三島優一との違いだ。俺は鬼才だ、名匠だ、と思い込んでいる馬鹿が実際にそうなる。三島は、可哀想だが、そういう馬鹿じゃあなかった。だから、死んじまった。ああ、病死じゃあない。どこかの女優かなんかと一緒に死んだ。心中だったかなぁ。今なら違うんだろうが、そいつも大したニュースにはならなかったよ。監督っていうのも肩書きだけで、その頃は仕事もなくなっていたんだろうから。

違う、違う、相手は津田倫子じゃあない。その心中事件は倫子が死んでからずっと後のことだ。いや、『スター誕生』の撮影中に、あいつが津田倫子に惚《ほ》れていたのは事実だよ。仕事も満足にできなくなるくらい津田倫子に夢中になった。こいつは本当だ。だが……倫子に惚れたのは、三島だけじゃあない。『スター誕生』の撮影は大体五ヵ月くらいだったんだが、その間に、そうだなぁ、スタッフのほとんどが倫子に惚れた。みんな口に出して言うわけじゃあないが、そう、誰も彼もがな。相手役だった大スターの山本さんが言っていた通りなんだが、あの娘《こ》は特別な目をしていてね。山本さんは、近眼の娘の目、って言っていたが、倫子に見つめられると確かにおかしな気にさせられる……なにせ息が止まっちまうくらいの美少女だったしなぁ。それがあの時からたまげるほどの大人の女に変わっていった……。表は美少女で、中身は成熟した女というギャップが、男どもをおかしくさせたのかね。実際におかしくなってどうかなっちまったわけじゃあないが、いい歳《とし》をした連中だって、何かあれば息を止めて倫子を盗み見していた。三島はそんな感情を隠すことができなかったんだな。

だが……俺は読み違いをした。三島と倫子は、確かに似合いのカップルだったんだが、そんな三島の想いを知ってか知らずか、肝心の倫子は三島にまったく関心を見せなかった。俺は津田倫子の、言ってみれば監視役のような立場だったから、そりゃあ気になったさ。上野事務所の財産になるスターの卵なんだから、虫が付いたら大変だ。だから倫子から目を離すことはなかった。ただな、倫子は明らかに変わってきていた。それは分かった。だが、三島には、何の想いも抱いてはいない……。

可哀想なのは三島だ。それとなく、じゃあない。もう耐えられなくなっていたのかね。

三島はそれこそ懸命に倫子を追いかけた。さっき話したように、撮影が終盤になる頃には、そんな三島の気持ちに誰もが気付くようになっていた。だから監督の篠山が俺に言いに来た。セカンドの三島を外してくれって、そういうことだ。ああ、外したよ。病気になったことにして、馘《くび》にした。気の毒な話だが、確かに仕事に支障が出るほど三島は変になっていたからな。三島本人にとっても、たぶんそれで楽になったんじゃあないかね。想いを遂げられない相手を毎日見つめているのも辛《つら》かっただろうから。

津田倫子がそういうことに気が付いていなかったかって？　気付いてはいただろう、倫子は馬鹿じゃない。というよりも、特別頭のいい娘だったから、三島がどれほど自分に執着していたか、そんなことは百も承知だ。事態がどうなっていたかもよく理解していたと思う。ただ、まだ二十歳にもなっていない松本の田舎から出て来た少女だ。そんな状態の男の扱い方なんか知るはずもないからね、分かっていても、どうしていいのか術《すべ》がなかっただろう。

俺が案じたのは、そんな撮影の状況を上野重蔵が知ったらどう思うか、その点だった。俺は津田倫子の私生活を監督する役目だったからね。津田倫子が三島に関心がなかったことが救いだったが、心配はそれで終わりじゃあなかった。話した通り、スタッフの誰もが倫子に惚れちまっていたんだから、三島がいなくなったって心配事は消えたわけじゃあない。当時、だから現場じゃあこいつを「リンコ病」って言っていた。誰もが罹《かか》る麻疹《はしか》みたいな現象だってね。いや、現場だけじゃあない。何と、このリンコ病は事務所にも伝染した。ああ、上野事務所の連中にまでだ。その頃、上野事務所の社員は、十人か十五人くらいいたかねぇ。みんな立派な大学を出た連中だ。T大、W大、K大、H大……大学も一流だし、俺みたいな中退なんて学歴の者は一人もいない。企画部、芸能部なんて立派な名前の部署を作ってね。そのとき撮影中だったのは『スター誕生』だけだったが、他の企画も何本か進んでいた。

そんな会社の中の芸能部にK大出の木下《きのした》って若いのがいたんだが、こいつがまずリンコ病に罹った。芸能部ってのは、上野事務所が契約して預かっている俳優たちの管理をやっていて、津田倫子もここの管理下にいたわけだ。だから木下は上野事務所でも倫子との接触があったんだ。これにも参った。麻疹のようなものだと言ったが、重症になれば、行先はあの助監督の三島と同じだ。そう、かなりの重症だったな。会社ではこの芸能部で津田倫子のブロマイドを作った。その現場に木下もいた。寝ても覚めても倫子のブロマイドを見つめているって始末だ。スターとして売り出すんだから、こういった倫子の魅力は嬉しい話なんだが、男という男が皆おかしくなるんだから、実際は困ったことになる。

社長の上野少佐殿も、そんな様子は知っていたんだろうと思う。

ある日、銀座の事務所から少佐殿を自宅に送る途中で、その話をしたんだ。少佐殿がどんな反応を見せるか、俺は心配だった。こんな状態はこれまで起こったことがなかったし、喜んでいい事態なのか、それとも憂慮すべき出来事なのか、俺自身判断ができなかった。それも、二ヵ月かそこらの間に起こったことだったしな。

車の中でそんな話になったわけだが……少佐殿は、

「ふーん」

と言っただけだった。それは困るとも、そいつは面白い、とも言わない。俺は、少佐殿はそんな出来事に関心がないのか、と思った。まあ、少佐殿には他に悩みごとは山ほどあるはずだったし、現場の、それも撮影に直接関係のない出来事に心を砕く余裕もないんだろうと、そう思った。

「で、倫子は、どうなんだ？」

しばらく経ってから少佐殿がそう訊いた。

「平静ですよ、あの娘《こ》は」

と、俺は答えた。

「それならいい」

少佐殿はそう言っただけだった。

俺が事態を知ったのは、いつだったか、と言うのかい？　そうだなぁ、いつだったのかな。車の中だったか……それとも、遡《さかのぼ》れば、最初に鎌倉山のてっぺんの料理屋に行った時だったのか……分からん……。いや、少佐殿が何かを話したわけじゃあない。いずれにしても、事の成り行きに気が付いたのは少佐殿が教えてくれたからではなく、それは倫子によってだった。三島や、会社の木下から打ち明けられたんじゃあないんだ。そいつは、俺の考えていたこととはまったく違っていたんだ……。

そうだな、その前に『スター誕生』ってやつの話をしたほうがいい。そうだよ、以前に話しただろう、『スター誕生』のストーリーだ。大物スターが若いポッと出の田舎娘をスターに育て上げる、ってのが話の筋だ。映画化されるたびに舞台の設定は幾らか変わる。これはあんたがよく知っているよな。映画界が舞台になったり、歌の世界が舞台になったり。娘を育て上げた大スターがその田舎娘に惚れるわけだが、自分のほうは落ち目になって……って、まあそんな話だ。『マイ・フェア・レディ』ってやつも、その亜流だ。そう、ヒギンズ教授ってのが、貧乏娘を一流のレディーに変身させるって話だ。

だが、そのどれも出典はギリシャ神話かなんかでな、ピグマリオンっていう男の話が基《もと》になっている。ああ、あんたも知っているんだな。そうだろう、よく知られている神話だ。だが、結構誤解も多い。俺も本当の筋は知らなかった……こいつはキプロスの王様かなんかで、自分で女の像を作って、その像に惚れちまうって話だ。それを知った神様が、哀れに思って、その像を本物の人間の女にしてくれるってのが筋書きだよな。俺はね、そのピグマリオンってのが、女に生まれ変わった像のことだと思っていたんだ。だがね、本当は、ピグマリオンってのは王様のほうの名前だった。ほう、あんたは知っていたのか。さすがに学があるなぁ。『マイ・フェア・レディ』じゃあヒギンズが、そのピグマリオンってわけだ。『スター誕生』で言えば、落ちぶれる大物スターとか大物歌手の役どころだ。

上野事務所で製作した『スター誕生』も中身は同じだ。ただハリウッド版の作品と違うのは、現実にズブの田舎娘を本物のスターにするってところだけだ。山本一夫の役が『マイ・フェア・レディ』で言えばヒギンズ教授ってわけだな。だからヒギンズ役の山本一夫が津田倫子に惚れる……いや、実際、そうだったのかもしれない。あの大スターの山本一夫も倫子を絶賛していたからね。さすがに口には出さなかったが、内心は、たぶん、山本もリンコ病に罹っていたのだろう。

何を言いたいのかって言うと、そう、映画の中身と同じでね、倫子に想う相手ができていたってことだ。いや、助監督の三島や会社の木下じゃあない、別の男だ。津田倫子は、誰かに恋をしていた……。いみじくも相手役の山本が口にしたように、津田倫子の芝居が変わったのは、彼女が誰かに恋をしたからだった。

もう分かっただろう、津田倫子が愛したピグマリオンが誰だったのか。そう、当たりだ、倫子が愛したピグマリオンは、驚いたことに少佐殿だった……倫子は相手役の山本一夫ではなく、上野重蔵、そうさ、少佐殿に恋をしたんだよ。

6

ラッシュを観終わると、岩佐は上野重蔵に連れられて撮影所の前にある洋食店で遅めの昼食を摂った。ラッシュで観たのは短いカットだけだが、岩佐にも『スター誕生』が成功するだろうということは分かった。新人監督の篠山はいい仕事をしていた。もちろんラッシュだけで作品の良し悪しの判定はできない。編集が駄目なら、どんなにいいシーンが撮れていても良作にはならない。だが、ラッシュを観るかぎり、出来がいいことは分かった。画面は力強く、役者たちの演技にも迫力があった。作品の出来と興行成績は別物であるとはいえ、その世界で長く生きていれば、ある種の勘が働く。こいつは当たるな、と岩佐は思った。

時刻が昼より遅かったから、普段はシネ東の関係者で混み合っている店でも、客の姿は少ない。岩佐と上野重蔵は客のいない店の奥に席を取り、二人とも同じステーキを注文した。この店の名物らしい。噂通り、旨かった。自分一人なら食うはずもない高価なステーキだ。勘定《かんじょう》は上野重蔵持ちだから、今日の岩佐には懐の心配をする必要もない。

「最近どうしている?」

ナイフを動かしながら上野重蔵が岩佐の近況を訊いてきた。社長の上野とは、屋敷に住まわせてもらっていた頃はほとんど毎日顔を合わせていたが、屋敷を出てからは毎日会っているわけではない。実際、もう一週間以上会っていなかった。

「まあ、悦子とは、何とかやっていますよ」

と岩佐は苦笑して答えた。世田谷代田で同居を始めた岡田悦子はしがない新宿のキャバレーで働く女だが、派手なところのない、よく気の付く性格のいい女性だった。遊びなら別だが、女房にするならこんな女がいいのだろう。

「籍は入れてやらんのか」

「このままで行ったらそうなるんでしょうが……今は、まだ」

と岩佐は言葉を濁した。長い間、自由気ままに生きてきたから、相手には気の毒だが、所帯を持って身を縛られることに躊躇《ちゆうちよ》がある。

「このままだと、すぐに爺《じじ》いだぞ」

上野重蔵が言った。岩佐は笑って言い返した。

「そいつは、少佐殿だって同じでしょうが」

他人のいない二人だけの時には、岩佐は上野重蔵を社長とは呼ばず、昔のように少佐殿と呼んでいた。いい加減にその少佐殿はやめんか、と言っていた上野も、今では諦めて何も言わなくなっている。

「それは、そうだが」

と上野重蔵も苦笑した。上野重蔵は岩佐より五歳ほど年上で、もう四十五か六だ。ゆっくりステーキをナイフで切る上野重蔵を見つめ、岩佐は切り出すべきか、何も言わずにおくか、心を決めかねた。だが、いつかは話さねばならないことであるのは変わらない。話しておこう、と岩佐は決めた。

「実は……倫子のことなんですがね……」

「倫子に、何かあったか？」

ナイフの手を止め、上野重蔵が顔を上げた。

「いや、特に何かあったというわけじゃあないんですが……」

もちろん上野重蔵も撮影現場での出来事は知っている。リンコ病という笑える現象も承知しているはずだ。現場では「リンコを護る会」などという会ができるほどの事件もあった。そんなあれこれはあったが、今は『スター誕生』の撮影も終盤を迎え、津田倫子の出番は少なくなっている。

もっとも、だからと言って倫子の日常が暇になったわけではない。上野事務所所属のスターとして売り出すために、倫子は撮影の合間も新劇の劇団の稽古場《けいこば》で演技指導を受けたり、声楽や日舞の稽古をさせられていた。撮影現場での監視役は岩佐だったが、その他の日常的なサポート業務は上野事務所の芸能部の役割で、担当は社員の木下だ。だから岩佐が上野重蔵や倫子と会う機会もずっと減っていた。

「木下のことか?」

上野重蔵が言った。上野重蔵には三島のことも木下のことも報告済みだ。

「いや、そうじゃあなくて、倫子のほうですよ」

「倫子が、どうした」

「あの娘《こ》が惚れている相手のことです」

「ほう」

「山本さんが言ったのは、当たっていたってことです。倫子のほうが惚れた相手が、やっぱりいたってことですよ」

上野重蔵の表情に変化はなかった。

「ふーん。で、その相手は、分かっているのか? 木下じゃあないのか?」

「いや、違うと思います。そういうことなら、まあ、いいんですが」

と岩佐は答えた。その先は、切り出しにくい。

「それで、何か支障があるのか?」

「今のところは何も」

「そうかい、それならいい」

と言い、何事もなかったように上野重蔵は食事を続けた。そんな上野重蔵を見て、岩佐は気付いた。少佐殿は、もうそんなことは知っている……。考えてみれば、彼が気付かないはずがなかった。上野重蔵の目ほど凄いものはないのだ。ましてや、少佐殿は現在、倫子と同じ屋根の下に暮らしている。倫子の日常を一番知っている他人……それが上野重蔵なのだ。気が付いてはいても、それほど案じてはいない、ということか。

だが、事はそう単純な話でもない。津田倫子は上野事務所にとって、近い将来、間違いなく目玉商品になる新人なのだから、虫が付けば損害は大きい。通常、女優を抱える芸能事務所は、このことに一番神経を遣う。上野重蔵も一応は芸能部を持つプロダクションの社長なのだから、岩佐以上に気になる状況のはずなのだ。それなのに、少佐殿に動揺は見えない……。さて、どうしたものか……。考えているうちに、話は別のほうに流れた。

「『おんなの貌《かお》』が決まりそうだ」

と食事を終えてコーヒーを飲みながら上野重蔵が言った。『おんなの貌』は昨年から温めていた上野事務所の企画で、銀座で生きる女の話だった。監督は水谷保夫《みずたにやすお》。女性向けの文芸ものでは定評のある監督である。

「日宝《にっぽう》ですか」

「うん」

「資金は半分？」

「ああ、そうなる」

上野事務所が製作する作品の特徴がここにある。他のプロダクションなら企画を売るだけだが、上野事務所は製作資金も自前で出す。もちろんすべてが全額ということはない。ほとんどの作品は配給会社と五分五分か、六対四。まあ、そんな比率だ。だが、こんな芸当をする会社は他にはない。たまにあっても上野事務所のように長年そんな製作を続けてきたプロダクションはない。

「高橋美祢子《たかはしみねこ》でやるんですか」

と岩佐は尋ねた。これは主演女優のことだ。上野重蔵が少し笑って頷《うなず》いた。高橋美祢子はもう中年になっているが、スターとしてのバリューはまだ高い。美貌《びぼう》だけでなく演技力も高い、日本を代表するスターだ。上野重蔵が微かに笑ったのは、その高橋美祢子が一時、上野重蔵の愛人だったからだ。もっとも現在、高橋美祢子は別の映画俳優と結婚している。上野重蔵の女は彼女だけではない。結婚をしたことはなかったが、何年も続いていた女は岩佐が知っているだけで四、五人いた。女優もいたし、女流作家、銀座の有名なクラブのママもいた。

女遊びでは負けない岩佐でも、呆れるほど、上野重蔵は女にもてた。呆れはしたが、疑問を持ったことは一度もない。上野重蔵には女だけでなく男も惚れた。その良い例が俺ではないか、と岩佐は思う。その点で、上野重蔵は怖い男だった。男も女も誑《たぶら》かす……。人の心を鷲《わし》摑みにする。上野重蔵とはそういう男だった。

「脚本は津村《つむら》さん?」

「うん。もうじきに第二稿ができるそうだ」

これも売れっ子の脚本家だから、どんな写真になるか、大方の予想はつく。そういった意味では、撮影中の『スター誕生』のような大博打《おおばくち》とは違う。監督や主演の役者を考えれば、コケる心配はまずない。

「会社でもいいが、なんなら一度家のほうにも顔を出してくれ。細かい打ち合わせをしたいから」

「分かりました。都合の良い日を教えて下さい。良ければ下北沢のほうに行きますよ」

と岩佐は答えた。これは企画部の仕事だが、上野重蔵はいつも事前に岩佐と二人だけの打ち合わせをする。

その日はそのまま上野重蔵は会社の車で銀座に帰った。最近はジャガーも岩佐ではなく上野事務所が雇い入れた社員が運転するようになっていた。

岩佐が久しぶりに下北沢の上野邸に出向いたのは二日後の夜だった。岩佐がこの屋敷から出たのはわずか一月《ひとつき》ほど前のことだったが、明かりの点《つ》く門の前に立つと、ずいぶんと昔から離れていたような気持ちになった。大きな門構えに、高い石塀。広い庭には鬱蒼《うっそう》と木々が茂っている。初めてこの屋敷に来たのはいつだったか……。それは戦後すぐのことで、アメ公から手に入れた革ジャンを着て汚れた長靴を履いていた。さすがに恥ずかしく、パイロットが巻く白いマフラーは捨てていたが。背中にはボロのバッグ。何もない時代だったが、ズックのバッグの中身は豪華だった。当時はまず手に入らなかった洋酒、あれはたぶんジョニーウォーカーだったと思う。それも米兵から仕入れた物だった……。

応接室に入ると、以前と同じように上野重蔵はウイスキーのボトルとショットグラス二つを手にして、

「ああ、ご苦労さん」

と、そのショットグラスをテーブルに置いた。外出から戻ったばかりらしく、まだワイシャツ姿で和服に着替えてはいなかった。一ヵ月前までと同じだった。岩佐は上野重蔵と同じ屋根の下に暮らした十数年の間、毎晩こうして上野重蔵と酒を酌み交わしてきたのだった。

「しばらくしたら、小松《こまつ》も来る」

とショットグラスにウイスキーを注いで上野重蔵が言った。自宅に会社のスタッフを呼ぶのは珍しい。小松は上野事務所で経理を任せている男だ。なるほど、資金繰りの話だな、と岩佐は思った。資金に困っているわけではないが、『スター誕生』の撮影でかなりの金がすでに出ていた。『おんなの貌』が間もなくクランクインするとなれば、早急に資金の目処《めど》をつけておかなければならない。

「一億五千万くらいですか」

「もうちょっとかかるな。二億ちょっと用意しないとならんかもしれない」

とショットグラスの酒を口に含み、上野重蔵が答えた。二億とは、上野事務所が負担する、製作費の五割分である。総製作費は四億。予算が四億でスタートしても、大概、その予算は超過する。まあ、映画の製作とはそんなものだ。しかも予算超過は共同の出資会社より製作子会社の懐を直撃する。例えば、『おんなの貌』で共同出資する製作配給会社は大手の日宝だ。この映画界トップの会社と共同出資で映画製作をした場合、リスクは上野事務所のほうが何倍も高い。出資額は五分でも、入って来る実際の収入が違うからだ。

おそらく日宝との共同製作には幾つかの条件があったはずである。例えば、スタジオは練馬《ねりま》にある日宝の撮影所を使うことになるだろう。セットはこれも日宝の大道具、衣装も日宝の衣装会社。さらに配給の経費も日宝の配給部に支払い、宣伝も日宝の宣伝部に宣伝費用を支払う……まあ、そんな仕組みだ。

だから、仮に作品がコケても、あらゆる部門で経費を事前に吸い取る日宝には、さほどの損害は及ばない。これは日宝という大会社に限ったことではない。他の大手の映画各社も同じような仕組みだろうし、ハリウッドも同じだ。製作子会社は、そんなリスクを覚悟のうえで映画を作らなければならないのだ。だが、そんな映画製作の現状にもかかわらず、上野事務所が赤字を出したことはなかった。

「すみません、遅くなって」

と酒のつまみを盆に載せて応接室に入って来たのは、昔とは違って女中の絹《きぬ》さんではなかった。倫子の母親の津田貴美子が、今では老いた絹さんを手伝い、少佐殿の面倒をほとんどみているのだった。

「ああ、そこに置いてくれ、ありがとう」

テーブルに並べられた小皿のつまみも、以前とは違っていた。綺麗に盛りつけられた小料理が三種類並んでいた。絹さんは働き者のしっかりした女性だったが、なぜか料理は下手で、長年、岩佐は彼女が作る不味《まず》い料理を食べてきたのだった。

そして綺麗なのは、料理の盛りつけだけではなかった。もう四十歳を超えているはずだが、和服にエプロンをした津田貴美子は、まだ相当の美貌だった。さすがはその昔、スターとして売り出されただけの面影が十分に残っていた。松本では旅館の仲居をしていたからか、上野重蔵の家に倫子と暮らすようになってからも、彼女はいつも着物姿でいた。

「いやぁ、どうも」

小鉢や皿を整える津田貴美子の袖《そで》から見える手の白さに、岩佐は眩《まばゆ》さを覚えた。一瞬だが、『おんなの貌』は高橋美祢子を使わなくても、この津田貴美子でいいのではないか、と思ったほどだった。

「リンコはいないんですか?」

と尋ねると、津田貴美子は笑って、

「まだお稽古。じきに帰ると思いますけど。でも、呼ばないほうがいいでしょう？　大事な打ち合わせなんでしょう？」

と答えた。彼女が部屋から立ち去るのを待って、岩佐が言った。

「津田さんも、ここに慣れたようですね」

「ああ。やっとな。絹さんも助かっていると思うよ」

岩佐はそう言ってグラスを傾ける上野重蔵を眺め、読み間違えたかな、と思った。倫子が想う相手が、万が一、この少佐殿であっても、肝心の少佐殿が子供の倫子に関心を抱くはずがない。もしそんな気になるとすれば、相手は小娘の倫子ではなく、母親の津田貴美子のほうだろう。今、目にした女なら、確かに少佐殿に釣り合う……そんな気がするほど、津田貴美子には成熟した女の美しさが溢《あふ》れていた。

「いい女ですね」

「ん？」

「津田貴美子のことですよ」

女誑《おんなたら》しの岩佐をよく知る上野重蔵が苦笑して言った。

「いい加減にしろ。おまえには、今、悦子がいるだろう」

「それはそれ、これはこれ、ですよ。別に手を出そうというわけじゃあないから、心配せんでいいですよ。むしろ、心配は俺より少佐殿のほうです。少佐殿は、今、空き家でしょう？」

と岩佐も笑った。そして、今ならば切り出せる、と思った。

「この前、撮影所で話そうと思ったんですがね」

「何だ？」

「倫子のことです」

「倫子がどうした？」

「倫子に好きな男ができたって言いましたよね」

「ん？」

「山本一夫さんが口にしたことです」

「ああ、そんなことを言っていたな」

「じゃあ、本当に、少佐殿は気が付いていないんですか」

「俺が、か」

その顔に動揺はない。

「ええ」

「回りくどいな、何が言いたいのか、はっきり言え」

「倫子が惚れた相手は、少佐殿だってことですよ」

しばらく岩佐の顔を見返していた上野重蔵がやっと応えた。

「あまり面白い冗談じゃあないな」

「確かに。でも、冗談ではないです。あの娘《こ》は、少佐殿に惚れてますよ。真面目な話です。参りましたよ、これには」

「なるほど。そりゃあ参るな。おまえさんじゃあなくても、参る」

と上野重蔵は苦笑した。

「どうしますかね。まあ、相手が少佐殿ならそれほど心配することはないんでしょうが」

「俺が爺いだからか」

上野重蔵は冗談めかしてそう言った。

「いや、そうじゃあなくて、少佐殿なら、そんな娘をどう扱うか、百も承知だと思っているからですよ」

「馬鹿、おまえとは違う」

「俺の女癖は可愛いもんだが、少佐殿は違うでしょう。歩いた跡を思い出して下さいよ。死屍累々《ししるいるい》じゃあないですか」

これは誇張ではなかった。上野重蔵と別れておかしくなった女は多い。銀座のクラブのホステスは上野重蔵に捨てられて自殺未遂まで起こしている。女流作家との関係では、逆に毒を飲まされそうになった。

「なんだ、おまえの話は……酒の味を変えるぞ」

と、上野重蔵はまた笑った。

「俺に惚れてくれたんならいいんだが、相手が少佐殿となると……嫌な気になる」

「心配なのか？」

「いや、実は……それほど心配してはいません。まあ、倫子の場合、麻疹のようなものかもしれないし、少佐殿なら対処の仕方もよく知っているはずですしね。女の扱いに関しては、成功も、失敗も、それこそ経験豊富の大ベテランなんですから。そうでしょう？」

「大して飲んでもいないのに、おまえさん、今日はよく舌が回るな」

苦笑する上野重蔵のショットグラスにウイスキーを注ぎ、岩佐は続けた。

「……そういうことですから、少佐殿も慎重に。病気は軽いうちに何とかしないと駄目ですから。ちょっと俺には手に余る」

「良かったな、相手が俺で。おまえの毒牙にかかったらと、俺はそっちを心配した」

「まさか。うちの商品には手なんか出しませんよ。まあ、出すとしても、それは母親のほうだ。津田貴美子があんなにいい女だとは気が付かなかった」

「そいつも、やめてくれ。せっかく絹さんの代わりができたんだから」

と上野重蔵が苦笑いで応えた。

7

いやいや、あんたが観ていないのは、そりゃあ仕方がないんだ。『おんなの貌』ってのは、結局作らなかったんだから。いや、『スター誕生』のように完成してから公開を中止したんじゃない。撮影そのものをやめたんだよ。企画がボツになったってことだ。肝心の監督の水谷保夫が倒れちまってね。脳梗塞《のうこうそく》だったか、脳溢血《のういっけつ》だったか、とにかく重症だった。それで製作も中止になった。

いや、その気になりゃあ製作することはできた。日宝との共同製作が決まっていたし、日宝には他にもいい監督がいたからな。だから監督は、水谷保夫でなくても製作はできた。

中止を決めたのは、そう、少佐殿が水谷保夫に義理立てしたからだ。こういう時の少佐殿の決断は速い。迷うことなく製作の中止を決めたんだ。違約金は払わなかったが、脚本は第二稿まで進んでいたから、脚本家には金を払った。もちろん払ったのは上野事務所で、日宝じゃあないよ。その時は、まだ上野事務所は資金的にゆとりがあったから、そんなこともできたんだ。

じゃあ『スター誕生』はどうして公開を中止したのかってことかい？　ああ、こっちのほうは賠償金も配給会社に払ったし、実際かなりの額の製作費を注ぎこんでいたから、上野事務所は経営に響く損害を出した。会社がつぶれてしまっても仕方のないほどの損害だ。そう、存続の危機だね。ただ上野事務所は完全に上野重蔵の自前の会社で、外部の株主がいなかったからね。もし金融機関やどこかの映画会社を株主としていたら、もちろんそんなことはできなかっただろう。

公開を取りやめたのは、あくまで少佐殿の意志だ。そりゃあ会社には反対する者もいたさ。だが、多くじゃあない。ほんの一部だ。なんで反対を唱える奴が少なかったかは……そいつはな、会社の損失を少佐殿が個人で弁済したからだ。下北沢の屋敷なんかを売った金でね。自分で会社の損失を埋めたんだ。そう、少佐殿は資産家だったからね。

でも、金持ちだったから自前で弁済したわけじゃあない。そもそも少佐殿は、金には鷹《おう》揚《よう》だった。大体、金持ちってのは金に細かいもんだが、上野重蔵という人は金には執着のない人だったよ。だから上野事務所の社員たちの給料も良かったし、そのお陰で優秀な人材が集まったんだ。

ああ、あんたが以前から訊きたがっていた公開中止の原因か……。いいよ、話してやろう。今なら話してもいいんだろうからな。関係者は皆死んじまったし……。ただ、そうだなぁ、思い出して楽しい話じゃあない。みんな、何もかも忘れちまいたいような話だ。忘れられるもんならね。

結論から先に話せば……簡単な話だ。理由はたった一つ……。そいつはな、津田倫子の死だ。津田倫子が死んじまってな、それで取りやめになった。そう、誰もが大切にしていたあの倫子が死んじまったんだ。まあ、通常、そんな理由で公開を取りやめるなんてことはしない。まったくの個人の意志で、上野重蔵の意志だけで取りやめることを決めたんだ。

いやいや、そうなるまでには、いろんな出来事があったさ。新人のスターを生み出す企画だったからじゃあない。津田倫子の突然の死が衝撃だったことは間違いないが……もし、『スター誕生』がそのまま公開されていたら、この津田倫子の死がむしろ興行的に成功するネタになったかもしれないんだ。なにしろ出来上がった写真はあの篠山の映画監督人生の中で最高傑作と言っていいほどのものだったし、大スターを目指す少女の死は、それなりの宣伝にもなったはずだよ。公開前から上野事務所はもう宣伝に動いていたからね。

あれは……いつ頃だったかなぁ。『スター誕生』の撮影がほとんど終わりに近い頃だ。俺は久しぶりに社長の少佐殿と銀座で酒を飲んだ。何かの打ち合わせの帰りだったと思う。いや、クラブ「けいこ」じゃあない、どこかの小料理屋だったな。そこで俺はしこたま酒を飲んだ。そして、酔った。俺も少佐殿も相当の酒飲みだが、どっちも負けず劣らず酒が強くてね、二人とも、まず酔っぱらうってことがなかった。もちろん酔いはしたけど、足元がふらつくほど酔いはしない。

だが、その晩は酔った。いや、酔ったのは俺だけだよ。それこそ、ガブ飲みだ。半分意識がなくなるほどの酔い方をしたんだ。そいつはやけ酒みたいなもんで、最初から酔っぱらいたかったからだろう。そうでもしなけりゃあ少佐殿と一緒にいられないような気になっていたんだな。そんな俺を眺めて、少佐殿も、こいつはおかしいと、そう思ったんだろう。

「そのくらいでやめておけ。悪酔いするぞ」

と言った。俺はこう言い返した。

「しょうがないでしょう。酔っぱらわなきゃあ、こんな話は少佐殿とはできませんよ」

「俺の、せいか」

少佐殿はそう言った。

「そうですよ。俺の言いたいことが何だか、もう分かっているでしょう」

結構長い間《ま》があったような気がする。少佐殿はもう俺の心中を知っていたんだろうな。

「倫子のことか」

猪口《ちょこ》の酒を飲み、やっと少佐殿が言った。

「他に、何があります？」

俺はさらに酒を呷《あお》ってそう言った。

そうさ、信じられんことだったが、倫子だけじゃあなく、驚いたことに少佐殿も倫子に惚れちまっていたんだ。信じられないようなことだったからな。いやいや、そいつを知っているのは、その時はまだ俺だけだ。いや、勘のいい山本一夫は気が付いていたかもしれない。だが、現場でも会社でも、そいつに気付いた奴はまだいなかったはずだ。そりゃあ、倫子が誰かに惚れたってのは、もうスタッフ中で噂にはなっていたがね。その相手までは分からなかったんだ。

そう、危惧《きぐ》はしていたよ。勘が働いたのかもしれない。だから下北沢の屋敷に行った時にも、俺は、その話をして少佐殿に釘を刺した。女には手練《てだ》れの少佐殿なら、倫子がどう思おうと始末の付け方くらい分かっていると、そう信じていたんだ。海千山千《うみせんやません》の、手練手《てれんて》管《くだ》の女たちを手玉に取って来た少佐殿だからな。そんな少佐殿が小娘に惚れた……手を付けちゃあならん会社の商品にだ。まったくあり得ないような出来事だった。倫子がそうなるのは分からないじゃあないが、少佐殿が本気で小娘に惚れる……。そんな馬鹿な、と俺は思った。

「……本気なんですか……」

と俺は訊いたよ、酒の勢いを借りてな。これまでのようなただの遊びなら何が何でも止めてやる……俺は本気でそう思っていたんだ。いや、会社の商品に手を付けるから、ってだけじゃない。相手が小娘だからでもない。それが倫子だったからだ。まあ、撮っている写真が写真だから、倫子が劇中のように歳のいった男に熱を上げるってことも、想像できないわけじゃあない。

そいつが相手役の山本一夫なら、そんなに驚きもしなかっただろうな。山本一夫はもう五十近い歳になっていたが、なにしろ二十年以上も二枚目としてお職を張ってきた人だ。その時だって、まだ結構二枚目で、若い女優がフラフラとなるのも不思議じゃあない。それなのに、倫子が惚れたのは相手役の山本や会社の若い者じゃあなくって、少佐殿なんだ。正直、愕然《がくぜん》としたよ。選《よ》りによって相手が少佐殿とは、ってな。

二人のことか？　誰もそんなことに気付かなかったと言ったがね、訳知った目で見れば、どんな関係かは、分かったと思う。屋敷にいる時のことは分からんが、藤沢の現場でも、銀座の会社でも、二人がいれば、その様子が以前とは違うってことが分かった。おかしな表現かもしれないが、その様子は大人しかった。分かる奴には分かる、そんな感じの関係だった。もちろん少佐殿のほうは、その素振りも見せない。だが、倫子は違った。自分の想いを隠そうとはしていなかった。少佐殿をじっと見つめる目が違うんだ。そいつはその気になって見ればすぐ分かった。直向《ひたむ》きに、熱い想いで見つめている、ってことがな。

その関係がどこまで進んでいたか……こいつも、よくは知らんよ。二人は同じ屋根の下に暮らしていたわけだが、そこには倫子だけじゃなくて、母親の津田貴美子も同居していたから、少佐殿のことだ、そこで目に付くようなことはしなかったんじゃあないかな。相手は少佐殿だよ、そういうことには分別《ふんべつ》のある人だったから。

そう、そんな状況だったから、俺は思い切って訊いたんだ。

「本気なんですか」

ってな。少佐殿は言ったよ。

「本気だ」

「よして下さいよ、そいつは、ないでしょう」

と俺は酔った勢いで言ったが、

「そうでなかったら……良かったんだがな」

少佐殿が答えた。いろんな意味で、少佐殿も、事の重大さが分かっていたんだろうよ。この少佐殿の言葉で、酔いが醒《さ》めた。これ以上責めることができなくなったんだ。何でか分かるか？　その時の少佐殿の顔さ。いや、困ったという顔じゃあない。ほんの微かなんだが、これまで長い年月、見たことのない優しい顔をしていたんだ。嬉しそうな顔と言ってもいい。台詞《せりふ》とは真逆で、後悔なんかどこにも見えない顔だった。だから、俺は何も言えなくなった……。

一体、どこで、どの時点からそうなったのかって？　さあなぁ、分かるような気もするし、分からないような気もする。今、思い起こせば……藤沢の撮影所から昼飯を食いに鎌倉山のてっぺんのレストランに行った時か……海を見下ろす倫子の柔らかそうな髪の毛がそよ風に靡いていた時か……そうではなくて、八重歯の手術をしたあの暗い病院の廊下でだったのか……少佐殿の手がか細い倫子の体を抱えていた時か……。少佐殿がいつ倫子に惚れたのか、俺には分からん。

「……分かりました。いいでしょう。その代わり、頼みますよ、倫子を傷つけんように」

俺は、そう言った。もし少佐殿が倫子を食って捨てるようなことをしたら、現場のスタッフはおろか、上野事務所のスタッフ全員から恨《うら》まれる。これまでただの一度も誹謗《ひぼう》や中傷を受けたことのない少佐殿の立場が変わる。そう、少佐殿の人格が壊されてしまうんだ。ただ、会社の商品に社長が手を付けた、というスキャンダルでは済まない雰囲気が倫子の周りにはできていたんだよ。今で言えばアイドルかね。そう、周囲の者にはマスコットのような存在だったからね。誰も彼もが、倫子を愛していたんだ。

あそこに行ったのは、そうだなぁ、撮影がもう編集段階に入っていたから、最後のほうだな。あそこって言うのは、富岡《とみおか》のことだ。富岡ってのは、三浦《みうら》半島にある景勝地だよ。金沢文庫《かなざわぶんこ》とか金沢八景《はっけい》がある三浦半島の東側の海の傍だ。

その日、藤沢には倫子だけじゃあなく上野少佐殿も来ていた。役者の山本一夫もいたし、他の役者たちもいた。アフレコをやっていたんだ。アフレコってのは、ロケで撮った映像に後から台詞を入れる作業だよ。ああ、あんたも知っているのか。そりゃあそうだ、あんたも映画の専門家だもんな。

役者たちがアフレコをやっているその途中で、少佐殿が飯を食いに行こう、と言ってな。倫子のアフレコが終わるのを待って、俺はまた鎌倉山の上にあるレストランに行くのかと思った。だが、そうじゃあなかったんだ。

「ちょっと遠いが、富岡まで行ってくれ」

と少佐殿は言った。俺は富岡なんて場所は行ったこともなかったし、地名だって知らなかったよ。その日は会社の運転手じゃあなくて、俺がジャガーの運転をしていたんだ。

「ほう、富岡ですか……何があるんです、富岡に？」

俺は富岡って所に旨い食い物屋でも見つけたのかと、そう思った。

「見てもらいたいものがあるんだ」

「見てもらいたいもんですか」

「家だよ」

と少佐殿は、ちょっと恥ずかしそうな顔で言ったのさ。

「家を、買うんですか。別荘ですか？」

「いや、別荘じゃない」

少佐殿は、そう応えた。

「倫子はどうします、呼びますか？」

「いや、いい。おまえだけでいい」

富岡まで、そうだな、藤沢の撮影所から一時間もかかったかな。車の中ではあまり話をしなかったと思う。それまでだったら、二人だけで車に乗った時は、それこそ人前では話せんような個人的な事を話し合ったりしていたんだがね。その日のドライブは、何となく気づまりな一時間だった。

ああ、少佐殿に見せられたのは、確かに家だった。古い二階家で、誰も住んでいない空き家だ。路地の奥に建っていたが、すぐ傍がもう海でね。そう、どこからか牛のような鳴き声が聞こえていた。いや、牛じゃあない、後で少佐殿から教えてもらったが、蛙《かえる》の声だった。食用ガエルの鳴き声だったらしいよ。近くに食用ガエルの養殖場があったのかね。家はそんなに大きくなかったが、二階の部屋からは広い海が一望できた。ああ、浜辺までは一、二分で行ける場所だった。

「手を入れなきゃならないが、大工に訊いたら、そんなに時間はかからんそうだ」

と少佐殿が言った。ああ、そうだったのか、と俺は思った。その家を買うのは倫子のためなんだってね。

「海が好き」

と倫子が言ったことを、少佐殿は忘れていなかったってことだ。ああ、こいつは本物なんだ、って俺は得心した。

「本気だ」

　と、少佐殿は倫子とのことを問い質《ただ》した時に答えたが、その言葉に嘘はなかったんだ、ってな。倫子のために、少佐殿は海の近くに家を買う……。そう、本当に、少佐殿はその古家を買った。海のすぐ傍の家をね。俺は訊いたよ、その時な。

「……倫子は、知っているんですか、この家を買うのを？」

「いや、まだ知らん」

　と少佐殿は言った。嬉しそうな、本当に嬉しそうな顔でな。何だか、俺は、そんな少佐殿の顔を見ていたら胸が苦しくなった。どういうんだろうなぁ、男が、本気で女に惚れると、こんな顔になるのか、と思った。優しいんだ、その目がな。

　その時の俺の気持ちか？　そうさなぁ、今なら何となく分かる気もするが、複雑だったな。いや、嫉妬《しっと》じゃあないんだが、祝福する、って気持ちでもなかった。いや、やっぱりあれは嫉妬かねぇ。倫子を盗《と》られたって気がしたのか、少佐殿を倫子に盗られた、って気になったのか……よくは分からん。だが、今思えば、その両方だったのかもしれんな。

　俺も、倫子に惚れていたのかって？　さあなぁ。そんな気もあったのかねぇ。なにせ俺は、いい女には目がなかったし、女と見れば口説いていたからねぇ。倫子に対する目も、他の奴らと同じだったのかもしれない。ただ監視役だったから遠慮して他の奴らのようにならんようにしていただけで。こんな小娘って最初は思っていたが、なにしろある時から、それこそ息を呑《の》むってほどのいい女に変わっちまったんだから。

あんた、女だから分からんだろうが、そう、女はな、ある時期、特別な生き物になる時があるんだ。ほら、美人を表現するのに、匂い立つ、ってのがあるだろう？　その表現が、ぴったりって娘《こ》が時たまいるんだ。いや、色白だとか、そんなんじゃあないよ。色が黒かろうが白かろうが、それはどうでもいいんだ。ただ肌がさ、何というかね、ビスケットのように、いや、粘土かな、びっしり細かく詰まったような感じで、まさに匂い立つ感じがする……倫子もそんな少女だったんだ。

ただね、それは小娘の、若い時期、あるほんのわずかな何年かなんだと思う。大人になって化粧でもするようになっちまったら、匂い立つような少女の美しさは消えちまう。女のさ、ある一時期……倫子がまさにそれだった。俺はもう九十を過ぎた爺いだがね、あれ以降、そんな娘に会ったことがない。どこかにいるかと思っていたが……あんな娘に出会うことは二度となかった。

話が……逸《そ》れたな。どこまで話をしたんだっけな、ああ、そうだ、倫子だったな。倫子がその家のことをいつ知ったのか、そいつは知らんよ。きっと俺が少佐殿に富岡に連れられて行った時から、それほど経っちゃあいなかったと思う。そりゃあ喜んだだろう。海を見たことのない娘だったからね。ああ、泳ぐことも、そうだよ、あんたと同じで泳げなかったんだ。だからさ、夏が来たらと、楽しみにしていたんだろう。その時は、もう秋の終わりで泳げるような季節じゃあなかったから。

そんな、人によっては羨《うらや》ましい、微笑ましいような中年男と若い娘の恋愛も、そのまま続いていれば何ということもない話さ。映画は成功して、デビューした津田倫子は一躍スターになる。せっかくスターにしたんだから、会社は上野重蔵と津田倫子の関係をひた隠しにする……きっと、そんなことも上手くいっただろう。

当時は今と違ってマスコミも大人しかったし、男女関係をすっぱ抜くこともそうはない時代だったからね。フランスじゃあないが、日本だって総理大臣が女の一人や二人囲ったってどうということはなかった頃だ。不倫だ、何だって大騒ぎするようになったのは、最近のことだよ。女の一人や二人作るのは、むしろ男の甲斐性《かいしょう》という時代だったんだから。ああ、女房のほうだって、亭主の女遊びにうろたえたりはしなかった。妾《めかけ》と正妻の仲だって、良かった例もある。

ほら、あんた知っているか？　あれはどこの映画会社だったたか、社長が看板女優を妾にしていたって当時のマスコミからやられたことがあっただろう。その時、その剛の者の社長が言い放ったんだ。女優を妾にしたんじゃない、妾を女優にしたんだ、ってな。マスコミも大衆も、恐れ入りました、って笑い話さ。だから、仮に少佐殿と倫子の関係が漏《も》れても、どうかねぇ、ひょっとすると騒ぎにならなかったかもしれない。それに、仮に倫子が約束されたスターの座を投げ出しても、当の倫子は後悔なんかしなかっただろう。ああ、母親の津田貴美子のようになってもね。

だが……破局は来た。いや、どっちが悪いって話じゃあない。避けられん破局がやって来たんだ。俺にも……いや、誰にも、そいつは止められるもんじゃあなかった。いや、待てよ。本当のことを言えば……止められたのかもしれない……。俺が先を読める男だったら、あんなへまはしなかったのかもな。だから悔やんでも悔やみきれない思いはある。ただな、神さんは意地が悪かった。俺が、神さんや仏さんを今でも信じないのはそのせいかな。

あれは酷い雨が降る夜のことだった……俺は珍しく少佐殿から銀座の会社に来てくれ、と呼ばれたんだ。もう夜も九時頃になっていたかなぁ。ああ、飲み屋じゃあなくて、会社だよ。俺はもう世田谷代田のアパートに帰っていたから、下北沢の家なら近いが、銀座の会社まで出向くのは大変だった。土砂降りの雨だったしな。

それでも少佐殿の指示なんだから断ることなんかできはしない。だから傘を差して、電車で銀座まで出掛けた。銀座の会社に着いた時はたぶんもう十時を過ぎていた。それでも会社には、二人か三人、社員が残っていたかな。みんな働き者でね。あの頃は、本当に優秀な連中が揃《そろ》っていたんだ。

会社は銀座といっても新橋寄りの小さなビルの五階と六階にあった。古いビルだが、小さなエレベーターが一基あってな。社長室は六階のほうにあった。企画室の奥だ。社長はその社長室に一人で俺を待っていた。夜のそんな時間にわざわざ呼び出すんだから、普通の話じゃあないいんだろうってのは、最初から分かっていた。いや、どんな話で呼び出されたのかは分からなかったよ。『スター誕生』はすでに編集を終えていたし、トラブルはなかった。あとは完成試写をやるだけだ。他に緊急の案件があるとも思えなかった。

考えられるのは、テレビドラマの制作を始めるかどうかって、そんなことくらいだ。その頃からテレビも盛んになっていて、映画各社もテレビ制作を考えはじめていたからね。上野事務所もあるテレビ局から仕事を依頼されていたんだ。まあ、緊急の案件ってのは、そんなことくらいでね、他に思いつくことはなかった。

企画部のほうには社員もいなくて、電気も落ちていた。奥の社長室だけ明かりが点いていてな。扉を開けると、少佐殿だけが一人、椅子《いす》に座っていた。いや、社長の机の椅子じゃあなくて、来客用のソファのほうだ。小さなテーブルの上にウイスキーのボトルとグラス、それに胃薬の瓶があってね。別に珍しいことじゃあないよ。その部屋で酒を飲むことはそれまでにもあったし、少佐殿は飲む前には必ず胃薬を飲んでいたからね。

ただ、そういう時は決まって誰かがいた。客とか、まあ、俺との時が一番多かったが。テーブル上のウイスキーは、ホワイトホース。少佐殿はウイスキーはこのホワイトホースが一番好きだったんだ。そのボトルはほとんど空《から》になっていた。新しいボトルを開けたのか、手の付いたボトルを飲んでいたのかは分からん。それでも相当飲んでいたことは分かった。

いつもなら水も一緒に飲むんだが、水の入ったグラスはなかった。それに、俺を呼びつけたのに、俺のグラスの用意はないんだ。これもおかしなことだったな。少佐殿か？　あぁ、酔っていたよ。大体、少佐殿は酒が顔に出る人じゃあない。赤くはならない人なんだが、その時も顔色は白かった。むしろ青白かったな。

「どうしたんです、何かありましたか？」

俺は向かいのソファに腰を下ろしてそう訊いた。大きく息をついて、少佐殿が言った。

「岩佐よ……」

「何です？」

「助けてくれんか」

俺には意味が分からなかった。

「どういうことです？」

「俺を、助けてくれんか」

少佐殿は、俺が初めて見る表情をしていた。これまで一度も見たことのない目だよ。あり得ないことに、少佐殿は怯《おび》えていたんだ。あの化け物のようなB29に体当たりする人が、怯えていたんだよ。

第三章

1

渋谷の街でも変貌《へんぼう》したのは恵比寿《えびす》寄りの地域で、道玄坂《どうげんざか》のエリアはさほど比奈子の記憶と違わなかった。道玄坂をだらだらと上がり、狭い道を右に折れれば百軒店《ひやっけんだな》だ。その百軒店の一角に入ると、記憶通りの風景がそこにあった。上りの道の右手には、昔通りのストリップ劇場がある。東京なのに、ストリップ劇場の名前は「道頓堀《どうとんぼり》劇場」。

「昔はさ、ここに来れば映画館が三館もあったんだぞ、テアトルハイツとか、テアトル渋谷とか」

と生前の松野健一が言っていたが、比奈子が彼と渋谷を歩いていた頃にはそんな映画館はなくなっていて、百軒店の奥は小さなホテルが林立するエリアに変わっていた。その昔は有名な花柳《かりゅう》界だったと言うから、連れ込み宿のようなホテル街になっていてもおかしくはないのかもしれない。

「スナック　節子」はそんな百軒店に入ってすぐの所にあった。町田節子との約束は午後六時で、まだ十五分ほど早い。喫茶店で時間をつぶすほどでもないので、比奈子は店先で町田節子が来るのを待った。夕刻の渋谷は平日でもかなりの賑《にぎ》わいで、こんな小道にも人通りは多かった。

町田節子は時間通りにやって来た。今日も和服姿である。彼女にとってはこの着物姿が戦闘服なのだろう。着物でも豊満すぎるバストが目につく。

「ああ、遅くなった？　ごめんなさい、道が混んでてさぁ」

「いえ、私のほうが早く来てしまったんです」

町田節子は広尾《ひろお》に住んでいるのだと聞いていた。広尾から渋谷ならバスで十五分ほどで着くが、面倒なので、いつもタクシーに乗ってしまうのだと彼女は言っていた。今日も、だからタクシーを飛ばして来たのだろう。

「さあ、入って」

と町田節子が案内してくれた「スナック　節子」はボロビルの地下にあった。カウンターにボックス席が二つの小さな店である。煙草《たばこ》の匂いと黴臭《かびくさ》さが微《かす》かにする。

「七時過ぎないとお客は来ないから大丈夫よ、ゆっくりして。お茶かなんかにする？　それともお酒？」

と町田節子は比奈子をボックス席の一つに案内して言った。わざわざ湯を沸かしてもらうのも申し訳ないので、

「お酒をいただきます」

と、比奈子は答えた。

「おビール?」

「できれば、水割りを」

「オッケー」

と頷《うなず》き、比奈子のために素早くウイスキーの水割りを作ってくれた。席にグラスを運び、

「あなた、お酒はよく飲むの?」

自分用にも水割りを作りながら、彼女がそう訊《き》いてきた。

「ほどほどです」

比奈子には断らずに、彼女は煙草を取り出して続けた。

「そりゃあキャリアウーマンだもんね、お酒くらい飲まなきゃねぇ」

「お店は、一人でされているのですか?」

「ううん、女の子を一人雇ってる。でも、出て来るのは七時なの」

煙草に火を点《つ》けて、

「煙草を吸えるのも今だけ。女の子が出てきたら禁煙よ。従業員だけの時も吸えないなんて、東京都も変な条例作っちゃってさ」

と彼女がこぼした。何のウイスキーなのかは分からなかったが、彼女が作ってくれた水割りは美味《おい》しかった。

「もう長いのですか？」

「店のこと？　ええ、長いわよ、もう四十年近くなるかなぁ」

「そんなに」

「うん。あの人の手切れ金でね、開店したってわけ」

「あの人って……？」

「グン。岩佐よ」

と応えてから、

「そうだ、あなた、昨日も病院に行ってくれたんだって？　さっき病院で岩佐から聞いたの」

「ええ。時間があったものですから」

ああ、そうか、今日も病院に寄ってからここに来たのか、と思った。見た目も人が好《よ》さそうだが、本当にこの人は優しい好い人なんだ、とあらためて思った。

岩佐靖男が下北沢の個人病院から信濃町《しなのまち》のＫ大病院に移ってからもう一週間になる。下北沢の病院では大腿骨《だいたいこつ》の手術を終えていたが、その時に癌《がん》が見つかってＫ大病院に転院したのだった。見つかったのは肺癌で、ステージは４。その状態はもう本人も知っているのだと彼女から聞かされている。自分のことはさて置いて、彼女が言った。

「悪いわねぇ、いつも。忙しいんでしょうに」

「たいして忙しくなんかないんですよ、私の仕事なんて。フリーランスですから、時間のやりくりも自由なんです」

比奈子は水割りを一口飲んで答えた。

「それよ、それ」

町田節子が言った。

「あなたの仕事、インタビューをしたり、取材して、映画の批評なんかをするのよね」

「ええ、まあ」

「それがおかしいのよ」

「え?」

「インタビューのこと」

「私の……インタビューがですか?」

「そう、インタビュー。この前話したでしょう、そのこと。だってね、あの人……あの人って、岩佐のことだけど、あの人、絶対に取材なんて受けないのよ、本当に。若い頃だって一切断っていたのよ。特に映画評論家ってのが嫌いでさ。だから、あなたの取材だって、どうして受けることにしたのか不思議だったのよね。普通の記者でも嫌いなのに、評論家なんて、一番嫌いな人種だったんだから」

「そのことは、もう伺《うかが》いました」

「そうだったかしら……まあ、爺《じじ》いになって、気持ちが変わったのかと思ったりしてたんだけど……でもね、最近になってさ、やっぱりそうなんだって分かったの。あれ、これも前に言ったっけ？」

「私が……津田倫子さんに似ているということですか」

町田節子は比奈子の顔を覗《のぞ》き込むようにして続けた。

「そうそう。自分で気が付かない？」

「残念ですが、似ていないと思います」

比奈子は思わず苦笑した。写真だけだが、津田倫子の顔立ちは知っている。もっとも、その写真は岩佐靖男のアパートの簞笥《たんす》の上に置かれていたもので、それが津田倫子のものだという確証はない。ただ、そうなのだろうと勝手に想像しただけだ。

「そりゃあ顔立ちは違うわよ。でもね、やっぱり、どこか似てるのよね」

「岩佐先生のお宅で、その方らしい女性のポートレートを見ましたけど、あの方が津田倫子さんなんですよね？」

「ああ、あれ？　簞笥の上のやつ？」

「ええ、そうです。男の方の写真と並んでいる……」

「ええ、そう、あれが津田倫子の写真。隣のが上野先生」

「やっぱりそうだったんですね……それなら、やっぱり似てなんかいませんよ。写真の津田倫子さんは、本当に美少女でしたもの」

と比奈子は苦笑した。日本風の顔立ちなのは二人とも同じだったが、写真の主は本当に美少女で、自分とは似ていない。そもそも比奈子は自分の顔を綺麗《きれい》だと他人から褒《ほ》められたことなどない。ブスでもないと思うが、まあ、十人並みの器量だろうと思っている。

「町田さんは、津田倫子という女優さんのことを、よくご存じなんですか？」

この町田節子もポルノ映画が主体だったかもしれないが、一応は映画女優だったのだから、津田倫子を知っていてもおかしくはない。まあ、言ってみれば同業者だ。

「ううん、知らない、会ったことはないのよ。岩佐に写真を見せられただけ」

「でも……ご存じなんですよね、その人のことは」

「ええ、知ってるわよ。名前と顔ぐらいはね。でも、それだけ。だって、岩佐はほとんど話さなかったからねぇ、その人のこと」

「お話しにならなかったんですか」

「そう、しなかったわねぇ、本当に。話すのが好きな、何でも喋《しゃべ》るあの人がね。でも、大事な人だったんだって、それは分かった。ぼーっとしている時があってさ、あの人。そんな時に分かるのよね、何考えてるか。それが亡くなった上野先生の時もあるし……ときどき、ああ、いま津田倫子のことを思い出してるなって、分かるわけ」

「分かるんですか……」

「そりゃあ、そうよ。一応はあの男の女房してたんだもの。区別もついたわよ、どっちのこと思い出してるか」

「どちらかの？」

「うん、そう。ああ、上野先生のことを考えてる……この人、私を抱きながら津田倫子のことを思い出してる、って」

「それは……町田さんのお気持ちも複雑だったでしょうね……」

「他の女を思い出してる、ってこと？　そりゃあ、そうよ、面白いはずないじゃない。だから結局別れたんだから、あの人と。ただの浮気じゃないんだもの。相手がこの世にいないんだから、乗り込んで行って手を切らせるってこともできやしないでしょ？　こりゃあ駄目だって諦《あきら》めた。それでも、よく四年ももったって思った……その間にも、他所《よそ》で女作ってたし。でもね、一人もいなかったと思うわよ、本当に心から好きだったって女。私も含めてだけどさ」

「本当に……？」

「うん。だから、あなたよ。あなた、どこか雰囲気がね、似てるのよ、津田倫子って人に」

「それは……」

「自分で気が付いていないだけよ、ほんと、何となく似たところがあるのよね。だから、あの人、あなたの取材受けることにしたんじゃない？」

そんなことはない、と比奈子は思った。初めて会った時、確かに私がテレビに出ていたのを観《み》たことがあるとは言っていたが……。

「そもそもですね、何度も言いますけど、私は津田倫子さんのような美人じゃありませんよ」

と、もう一度比奈子は苦笑した。

「そうかなぁ」

と言ってから、再び比奈子の顔を見つめて町田節子は言った。

「あなた、結婚している？」

「いいえ、してません」

「男はいるわよね、もちろん？」

「残念ですけど、それも外れです。男もいません」

と、比奈子はまた笑った。

「変ねぇ、いないはずはないんだけど。いい女って、口説《くど》きにくいのかしらねぇ。さもなけりゃあ、あなたの選《え》り好みが激しいか……」

「私が、いい女ですかねぇ」

「うん。銀座に出したら、いいお客が集まる。プロの私が言うんだから本当よ」

「ありがとうございます」

　さすがは、この道四十年、お世辞も上手いものだ、と思った。きっとこのお店も流行《はや》っているのだろう。

「津田倫子さんのことをもっと伺いたいのですが……」

「無理。本当によく知らないもの。あなたと同じで写真だけ」

「それでは、上野重蔵という人のことは？　岩佐先生ではないほうの」

「それならよく知ってるわよ。上野先生にも実際には会ったことはないんだけどね。上野重蔵って先生が亡くなったのも、私が岩佐と知り合う前だし。だから、これも話だけ。でもその代わり、こっちのほうは、あの人、よく話してたわ。だから、上野先生のことなら大抵のことは知ってるわよ」

「そうなんですか」

　町田節子が続けた。

「お酒を飲めば、何かと言えば上野先生の話だったもの。岩佐が、この世で一番尊敬していて、一番好きだったのが上野重蔵って人。今、あの人の心の中にいたのは津田倫子っていう人だって話したけど、上野重蔵って人も岩佐の心の中に住み着いていたのよね」

「それは、何となく分かります。でも……津田倫子さんのことは……ちょっと意外な気もしますね。これまで岩佐先生からお話を聞いていて、そんな感じはしませんでしたから。むしろ、津田倫子さんの監視役のような立場だったと、そう考えていましたが」

「それはそうかもしれないけど、好きだったことは確かよ」

「岩佐先生は……そんなに津田倫子という人が好きだったのですか？　そうは伺っていないんですけど」

「そう？　恥ずかしいから言わなかったんじゃない？　あの人を忘れたことなんて、絶対にないと思うわね、これは断言できる。でもねぇ、考えてみたら哀れな話よねぇ。しかも好きで堪《たま》らなかった想い人は二人とも死んじゃったんだもの……そう、上野先生も、津田倫子も。手の届かないところに行っちゃったんだから、そりゃあ辛《つら》かったと思うわよ」

「岩佐先生が……上野重蔵を名乗られたのは？　その経緯はご存じですか？」

「ええ、それならもちろん知ってる。亡くなる前にね、上野事務所を託されたのよ、岩佐がね。それで、上野重蔵を名乗れって、そう言われたみたい。岩佐にとって、そのほうが仕事を続けやすいだろうって、上野先生、そう思われたんじゃないかなぁ。上野先生にはご家族がなくて、戦友の岩佐のことを実の弟のように思っていたんだって。だから岩佐のために会社を遺《のこ》したわけでしょう？　でも、岩佐に芸術作品なんて作れるはずもないものねぇ。見よう見まねでやったって、そこで作れるものはせいぜいポルノ。でもね、岩佐の名誉のために言うけど、才能はあったのよ。その証拠にあの人が作ったものはみんな当たった。お金だって、もの凄《すご》く稼いだの。昔よりもずっとね。だから会社だって、それまでよりずっといい所に越したし、そりゃあ豪勢なものだったわよ」

と言ってから、町田節子は笑いだした。

「それなのにって、あなた、そう思っているでしょう？　なんで終《つい》の棲家《すみか》があんなボロのアパートなんだって。本当に尾羽《おは》打ち枯らしてって、そのものだものねぇ。でも、それはね、あの人が後先考えないでお金をばら撒《ま》いたから。たとえば、女を作るでしょう？　そしてね、その女と別れる時には、あの人ってね、その時持ってたお金をみんなその女にくれてやるの。そう、みんなよ、ありったけ。私も貰《もら》ったわよ、凄い手切れ金。この店の権利だってあの人がくれたお金で手に入れたものだし、広尾の家もそう。マンションだけどね。今のお金に換算したら、そうねぇ、億単位。でも、お金をばら撒いたのは女にだけじゃないの。上野事務所もいい時に畳んだ。ポルノなんて長く続かないと分かっていたのよね、だから儲《もう》けている時にあっさり畳んだの。社員たちにも法外な退職金払ってさ。だから、あの人を悪く言う人はいないと思う。先代の上野先生に恥をかかせないようにって、大盤《おおばん》振《ぶ》る舞《ま》いしたんだから」

「上野先生、岩佐先生じゃない上野重蔵氏のことですけど、何で亡くなられたかはご存じですか？」

「うん、もちろん知ってる。癌よ、胃癌。亡くなったのはK大病院。息を引き取るまであの人がずっと付いていたって。だからあの人もK大病院に入ったのかなぁ。日赤《にっせき》にでも入ってくれればこっちも便利だったのに」

「K大病院……そうだったんですか」

「上野先生は岩佐にとって、本当に、この世で一番大事な人だったのよね。亡くなられる時に、あの人、自分も一緒に死にたいって……そう思っていたみたい」

「その上野先生が亡くなられたのは、津田倫子さんが亡くなられたのより前ですか？」

「ううん、後だと思う。でも、割と早く。一年も離れていないんじゃないかしら。そこら辺のことは、よく知らない」

「『スター誕生』という映画が未公開のままだったということはご存じですか？」

「知ってるわよ。その映画の話も聞いたことがあるから。でも、もちろん観てはいない」

「公開中止の理由はご存じですか？」

「それは主演の津田倫子が死んじゃったからでしょう？　まあ、普通じゃないことよね、賠償金もうんと払ったそうだし。私がデビューした『ゆれる乳房』だって、私が死んじゃったからって公開が中止されるなんてことなかっただろうしねぇ。そうしてくれたらさ、幻のポルノ女優って伝説の女になっていたかもしれないのに」

　と町田節子は大きな声で笑った。

「津田倫子さんは……何で亡くなられたのでしょうか？　それはご存じですか？」

「それも……よくは知らない。そう言えば、変よねぇ。『スター誕生』って映画の公開中止のことは聞いていたけど、津田倫子が何で死んだのかは聞いてないのよねぇ。やっぱり癌か何かかなぁ。でも、急死のはずだから、他の病気かも。よく覚えていないなぁ」

「そうですか……」

「そのこと、あの人に訊かなかったの、岩佐に？」

「ええ、津田倫子さんのことは何も。やっぱり、お話しになりたくなかったようです」

「ふーん、そうなの。話したくないんだ、あなたにも」

「もうその当時のことを知っている方もいらっしゃらないんでしょうね」

「そうねぇ、もういないんじゃないかなぁ、みんな死んじゃって。監督の篠山さんだって、もう何年も前に亡くなっちゃったしね」

新しい煙草に火を点け、町田節子が続けた。

「……そう言えば……あの人、まだ生きているかしらねぇ。私より少し上くらいの歳《とし》だから、生きてるかもしれないなぁ」

「どなたのことですか？」

「あなた知らないわよね、岡田悦子さんて人」

「岡田悦子さんですか……」

「岩佐の女。私の前にいた人よ」

「町田さんの……前にいた方ですか」

「うん、そう。彼女なら当時のこと、知ってるかもしれない。あの当時、下北沢だったかなぁ、そこらで岩佐と一緒に暮らしてたんだから」

「ええ、その方のことは、岩佐先生から伺った気がします」

「新宿かどこかでホステスしてた人。そう言えば……彼女と一度会ったことがあるのよね」

比奈子はメモ帳を取り出した。これまで上野重蔵だと思い込んで岩佐靖男に取材した内容はすべてこのメモ帳に時系列で書き留めてある。岩佐靖男がそれまで暮らしていた下北沢の上野邸を出て新しい生活を始めた……。やはり岡田悦子はその時に岩佐が世田谷代田のアパートで同棲《どうせい》を始めた女性だ……。なるほど、それなら彼女は当時の岩佐の生活を知っているはずだ。

「岡田悦子さんに、お会いになったんですか?」

と比奈子は尋ねた。

「うん、会ったの。呼び出されたのよね、突然」

「岡田悦子さんに、ですか」

「そう。だから、一度だけど、会ったことがあるのよ」

「お二人だけで会われたんですか？」

「そうよ。どこで会ったのかは忘れちゃったけど、二人だけで。岩佐はいなかったわね。私さぁ、その女が新しい女で、子供ができたのかって、その時、そう思ったのよね。でも、違った。私より前の女で、わざわざ会いに来たのはね、ただ私の顔を見たかったからなんだって」

「それで……どうされたのですか？」

「どうもしなかったわよ。別れてくれ、とか、慰謝料寄越《よこ》せとか、そんなこと言うんだろうって思っていたんだけど、岡田って人、そんなことは言わないでさ、ただ私がどんな女か、それだけ知りたかったって」

「それだけですか」

「そう、それだけ。分かりました、岩佐を大事にしてあげて下さいって、本当にそれだけ言って帰って行ったの。変な言い方だけど、いい人だったわよ、その人」

「現在どうされているか、ご存じないんでしょうね？」

「知らないわよ、その後のことは。たった一度だもの、会ったの」

「そうでしょうね、分かります」

「……他に誰かって、誰かいるかなぁ……」

思い出して尋ねた。

「津田貴美子さん……この方のことは何かご存じありませんか？　津田倫子さんのお母様のことですが」

「ああ、その人……津田貴美子さんにも会ったことはないわねぇ。でも、話は知ってる」

「ご健在なのでしょうか？」

「ううん、死んじゃった、ずっと前に」

「やっぱり……」

「岩佐はその人のお葬式に行ってるの。奥多摩だったかなぁ、それとも松本だったか……お葬式の場所は知らないけど」

「ということは、娘さんの津田倫子さんが亡くなられてから間がない時期だったのでしょうか？」

「どうだったかなぁ……私の出ている映画の撮影中に出掛けて行ったんだから……そうよね、三、四年経ってからだったかなぁ」

「そうですか……」

「あ、そう言えば、もう一人いた……」

「もう一人？」

「そうそう。あの人なら詳しいかもね。当時のことなら何でも知ってるはず」

「誰ですか？」

「杉田って人。その人ね、シネ東の結髪《けっぱつ》にいた人でね。その後、どこかで美容院始めたらしいんだけど、一時ね、私の映画の撮影にも手伝いに来てくれていたのよ。岩佐とけっこう仲が良くてね」

「結髪の方ですか」

「そうよ、撮影の時に髪なんか直す人。今はもう連絡は取ってないけど、あの人なら岡田さんが今どこでどうしているか知っているかもしれないわね。津田倫子って人の世話もしてたって言うし」

「ご存命だといいのですが」

「そうよねぇ、生きているかどうか分からないものねぇ。私よりずいぶん歳も上だったしねぇ。でも、もしかしたら住所が分かるかもしれない」

「本当ですか？」

「生きているかどうか分からないけど、住所は岩佐の電話帳か住所録に書いてあるかもしれないもの。明日にでも下北沢に行って見て来てあげる」

「そうしていただけたら助かります。お忙しいのに申し訳ありません」

「いいのよ、どうせいろんなものを取りに行かなきゃならないんだから。でもね、そんなことよりあの人に訊くのが一番じゃないかしらね。昔のことなんか話したくないかもしれないけど、今ならもしかしたら話すかもしれないし」

「そうですね、やっぱり岩佐先生から伺うのが一番ですね」

「そういうこと。訊き出したいんなら、やっぱりあの人だけね、岩佐だけよ。それも、訊くんなら急がないとね。そう長くはもたないわよ、あの人も」

年寄りだから進行は遅いだろうが、岩佐の癌もステージ4だ。町田節子の言葉は間違っていない。煙草の煙を思いきり大きく吐き出し、彼女が言った。

「そうかぁ……思い出した……あの娘《こ》が何で死んだか、思い出したわよ」

「津田倫子さんのことですか？」

「そう。津田倫子が死んだのは、海に溺《おぼ》れてよ、海で溺れて死んだの。そう、間違いない、彼女、事故で死んだのよ。でも……それはあの人に聞いたんじゃないわね、新聞よ。新聞に小さくだけど、出ていたの、海で死んだって」

と町田節子は言った。

2

一週間ほど経って、比奈子は久しぶりに信濃町のK大病院に岩佐靖男を見舞った。町田節子には、フリーのライターだから時間の融通が利《き》くのだと話したが、先週は仕事が立て込んで自由な時間が作れなかった。通常の仕事の他にアメリカからやって来たハリウッドスターへの取材や、予定になかった洋画配給会社の試写などが加わり、徹夜で記事を書かなければならない日もあった。やっと時間ができたのが、今日だったのだ。

町田節子は不便で困るとこぼしていたが、比奈子の住まいは本郷《ほんごう》だから、病院のある信濃町に寄るのに苦労はなかった。地下鉄の大江戸《おおえど》線で四ツ谷《よや》に出て、JRで信濃町は一駅である。もっとも比奈子はK大出でもこの病院にこれまで来たことがなかった。病院は信濃町の駅のすぐ傍《そば》にあり、ゲートから車寄せのある玄関まではかなりの距離があった。玄関先にはタクシーが何台も連なって発着していて、人の出入りも多い。

本館の建物は古いが、岩佐が入っている入院患者の病棟は新館にあり、まるでホテルのように綺麗な建物だった。診察を待つ患者たちで混み合う本館から長い廊下を歩き、入院病棟の新館に向かう。入院患者のための専用エレベーターで八階まで上がると、自動ドアの先が入院病棟だった。自動ドアは、断りを入れなければ入れない仕組みになっている。

ここも、先日と同じで、見舞い客でかなり混み合っていた。岩佐が入っているのは三人部屋で他のベッドもすべて埋まっている。そこで話をすれば他の患者に会話が筒抜けだから、下北沢の個人病院とは違って、取材をする環境としては最悪だった。他の見舞い客がいなければいいのにと思ったが、やはり見舞い客はいた。岩佐のベッド以外にはそれぞれカーテンが引かれていて、話し声が廊下まで聞こえてくる。

岩佐靖男のベッドは一番手前の廊下側で、そこだけカーテンが引かれていなかった。それどころかベッドは空《から》で、寝ているはずの岩佐靖男の姿がなかった。戸口にある患者の名札にも岩佐の名はない。比奈子は急いでナースステーションに戻り、岩佐の移動先を訊いた。

「ああ、岩佐さんは集中治療室です」

という返事が返ってきた。

「具合が悪くなったのですか?」

看護師の説明では、昨夜、容態が急変して集中治療室に移ったということだった。面会は近親者だけで、それも本来はできないのだと聞かされた。

仕方なく、比奈子は入院病棟を出た。万が一のことがなければよいが……。呆然《ぼうぜん》としてエレベーターホールに向かって歩き始めた時に、ちょうどエレベーターから降りて来た町田節子を見つけた。

「町田さん……」

「ああ、あなた……来てくれたの!」

と町田節子が嬉《うれ》しそうに言った。手に大きな紙袋を提げている。今日は着物ではなく、普段着だった。

「今、看護師さんから先生が集中治療室だと伺いましたけど……」

「そう、昨夜移ったの」

「……危ないんですか?」

「ううん、まだ大丈夫。まあ、こっちに来て」

と町田節子は比奈子をエレベーターホールに近い見舞い客用のスペースに連れて行った。談話室と思われるスペースには四つほどの机と椅子《いす》があり、何組かの見舞い客が患者らしき人たちと談笑している。空いていた窓際のテーブルに紙袋を置き、町田節子が説明してくれた。

「……集中治療室だって言うからこっちも慌《あわ》てちゃってさぁ、だから今朝から来てるのよ」

「知りませんでした……」

「でも、結構頑張ってるみたい。ただ、何にも食べないでしょう、あの人。だから体力なくなっちゃってさぁ。抵抗力ないから、何か感染症に罹《かか》ったらしいのよ。病院のほうも、それで大事を取ったらしいの。明日にはまた一般の病室に戻ると思う」

ほっとする比奈子に、ずっと傍に付いていたが、ティッシュなどの身の回りに必要な物を売店で買って来たのだと彼女は言った。

「申し訳ないです。珍しく忙しかったので、来るのが遅くなってしまって……これからは私も傍にいるようにしますから」

「いいのよ、昼間は私も時間があるからね。あなたにも、何だか迷惑を掛けるわねぇ」

と言い、

「そうだ、ちょっと待ってて、今取ってくるから」

町田節子は立ち上がって談話室を後にした。五分ほどして戻って来ると、紙封筒を差し出して言った。

「これ、持って来たわよ」

彼女が手渡してくれた紙封筒には、岩佐靖男の住所録と何枚かの年賀状が入っていた。

「これ、見て」

と町田節子が五、六枚の年賀状を差し出して言った。

「あの女からの年賀状。頭に来るじゃない、あの人、ずっと年賀状のやりとりしてたみたい」

古い年賀状だったが、差出人の名を見て、町田節子が何で憤《いきどお》っているのかが分かった。その年賀状の差出人の名は青野《あおの》悦子となっていた。

「……青野悦子さんというのは……岩佐先生が昔付き合っていた岡田悦子さんという方ですか？」

「そう。私の前の女。名字は変わっているけど、たぶん岡田っていう人」

「じゃあ、ご健在だったのですね」

「たぶんね。でも、その年賀状、結構古いわよ。一番新しいやつでも五年は経ってる。もう死んじゃってるかもね」

と町田節子は笑った。

「そっちの住所録も見てよ。そっちには杉田って人の住所が載ってるから。ほら、元シネ東の結髪にいた人」

言われた通り住所録には杉田あやという女性の住所と電話番号が載っていた。住所は神奈川県の逗子だ。もう一度、年賀状のほうの住所を見てみた。青野悦子は東京都の小金井《こがねい》……。姓が変わっているということは、その後に結婚したのだろうか。

「ありがとうございます、助かりました」

「まあ、二人が生きていればいいけどねぇ。杉田さんは私よりだいぶ年上だし……もう、九十過ぎてるかもよ」

しばらく話し込んだが、その日は集中治療室には入れないと分かり、比奈子は仕方なく病院を後にした。縁者だと病院に告げている町田節子は、その晩は万一に備えて泊まり込むのだという。

比奈子はその足で神田神保町《かんだじんぼうちょう》の広栄出版に向かった。

広栄出版は神保町駅の近くにあり、その古い建物は広栄出版の自社ビルだ。小さなビルだが、創立してから八十年とかで、不況が続く出版界でよくここまで持ち堪《こた》えたものだと感心する。編集部は六階にあり、小さなエレベーターは凄く遅い。比奈子には馴染《なじ》みの場所だが、それでも来るたびに唖然《あぜん》とする。編集部のある六階は、とにかく汚いのだ。

さほど広くないフロアにはぎっしり机が並んでいるが、どの机の上にも書籍や書類の山ができている。それは凹形《おうけい》の山で、なんとか作られた中央の空間にパソコンが置かれている。各机には電話機があるのだが、それも書類の下に隠れていたりする。机は十二、三あるが、席にいる編集部の人間はたった二人だ。編集長席に後藤の姿は見えなかった。編集部員の一人に後藤の行方を訊くと、

「編集長は喫煙室です」

とその男性は顔も上げずに応えた。喫煙室の場所は知っていた。廊下の端にわずかばかりのガラスで仕切った三畳ほどのスペースで、窓が一つ、満足な換気装置もない場所だ。仕切りのガラス越しに後藤が三人ほどの男性と煙草を咥《くわ》えて談笑しているのが見えた。すぐ比奈子の姿に気付いた後藤が吸いさしを灰皿に押しつけ、

「すまん、すまん、早かったな」

と笑顔で出て来た。中にいる編集部員の一人がガラス越しに頭を下げた。知った顔だが名前は思い出せない。後藤にはすでにK大病院から電話で状況を説明してあった。

「あっちに行こう。じきに中田も戻る……」

後藤が比奈子を連れて行った先は編集部の一角にある会議室だった。大きな会議用のテ

ーブルがあるだけの殺風景な部屋だ。後藤が内線でコーヒーを持って来るようにと誰かに命じ、

「えらいことになったな、集中治療室か」

と溜息《ためいき》をついた。

「明日には元の病室に戻るそうだけど」

「分かっているだろうけど、原稿の〆切は明日だぞ、大丈夫か？」

比奈子の上野重蔵のインタビュー記事はすでにかなりの反響を呼んでいた。連載はあと二本分残っている。残り二本は、『スター誕生』秘話という、いわばこの連載のクライマックスの部分だ。

「それは大丈夫。でも、最終稿が心配。本人の取材は難しくなるかもしれないから……」

若い女性の編集部員が、比奈子と後藤のためにコーヒーを運んで来てくれた。コーヒーは喫茶店から取ったものではなく、インスタントのものだ。わざわざ出してくれたコーヒーなのに申し訳ないが、残念なことに岩佐のアパートで出してもらったコーヒーのように美味しくはない。

「中田が戻ったらすぐここに来るように言ってくれ」

と後藤はその女性部員に命じ、

「中田が戻ってくれれば少し状況が分かるよ。木下信二《しんじ》の方はもう調べがついた」

と手帳を取り出して言った。木下信二は上野事務所の芸能部にいた『スター誕生』製作時の社員だ。当時、リンコ病に罹った一人である。この木下も、岩佐以外に取材したい三人の内の一人で、他に取材の候補は二人いる。後の二人は当時シネ東の結髪にいた杉田あやと、岩佐がその昔同棲していたという新宿のキャバレーに勤めていた岡田悦子。

町田節子が岩佐の部屋から持ち出してきた年賀状にあった青野悦子が岡田悦子なら、この女性を捜し出すのは簡単で、年賀状の住所を当たればいい。要するに津田倫子と『スター誕生』について側面から取材できるかどうかは、この三人が鍵《かぎ》だと比奈子は思っていた。

「ちょっと驚いたんだがな、その木下ってのは『フェニックス・プロ』の会長になっていたよ」

「フェニックス・プロですか?」

「テレビの制作会社じゃ最大手だ」

すぐにピンとは来なかったが、そう言われれば知らない名のプロダクションではなかった。芸能事務所としても活動している会社ではなかったか。比奈子がそう言うと、

「そう、それそれ。今じゃそこの会長だそうだ」

と後藤が頷いた。

「私のほうは、これ」

比奈子は町田節子から預かった岩佐の住所録と青野悦子からの年賀状が入った封筒を手提げから取り出した。

「ほう、住所録か」

「こっちは、たぶん、岡田悦子という人のだと思うの」

「岡田悦子って、誰だったかな？」

「岩佐先生が当時同棲していた女の人」

「町田節子じゃなくて？」

「うん、その前の人。『スター誕生』の撮影時に一緒に暮らしていた人。五年前まで年賀状のやり取りをしていたみたい。町田節子さんはポルノ映画を作るようになってからだから、そのしばらく後」

「なるほど」

「下北沢のお屋敷から出て、岩佐先生はこの人と世田谷代田で一緒に暮らしていたの。岩佐先生は、世田谷代田から下北沢の上野邸に通うようになっていたのよ。だから、当時のことを、この青野悦子という人も知っていたんじゃないかって。もしかしたら『スター誕生』の撮影なんか見に行っていたかもしれないし、津田倫子という女優さんのことも知っているかもしれないでしょう？　岩佐先生が町田節子さんの言うようにリンコ病に罹っていたなら、岩佐先生が話せないことも知っているかもしれない」

と話しているところに編集部員の中田史子が入って来た。

「遅くなりました……どうも」

息を整えるようにして中田が比奈子に頭を下げる。

「何か分かったか?」

と訊く後藤に、中田史子が嬉しそうに答えた。

「分かりました。杉田さんはご存命です」

「ほう」

中田史子は、わざわざシネ東の本社まで出向いて、その昔、シネ東の藤沢撮影所の結髪に在籍していた杉田あやの消息を調べてきたのだという。

「シネ東を辞めてからフリーで仕事をされていて、その後、逗子で美容院をやっていたんだそうですけど……今は引退されています。ただ、逗子の美容院はまだあって、そこは杉田あやさんの娘さんが経営しているんだそうです。娘さんに電話して聞いたところでは、現在は逗子の近くの老人ホームに入所されているそうです」

「老人ホームか……まだ話は訊けるのかな?」

「娘さんによると、相当のお歳ですが、お元気なようですよ。ただ、母娘《おやこ》仲はあまり良くないみたいですけど」

と中田史子はちょっと笑って言った。

「自分を老人ホームに入れたって、怒っているんだそうです」

「怒るくらいなら、まだ頭もしっかりしているってことだろう。取材もできるかもしれんな」

と後藤も笑った。

「よし、それなら手分けしよう。比奈子はまず青野悦子という女性と連絡を取って、中田は、その杉田っていう人の取材許可を取るんだ。木下会長には取材可能かどうか、俺が打診してみる。それでどうだい、比奈子は？」

「ええ、それでいいですよ。私は岩佐先生に付いていなければならないかもしれないから、そうしてもらえれば助かる」

「何だか、時間が勝負になってきたな。評判は良すぎるくらいにいいんだから、取材次第で連載ももっと延ばしてもいいぞ」

「いいですよ、もう。私の頭はこのところ、『スター誕生』と津田倫子でいっぱい。他の仕事が全然手に付かなくなっているんだから」

と、比奈子はこぼした。この言葉に嘘《うそ》はなかった。頭の中では、岩佐のアパートの箪笥の上にあった津田倫子と上野重蔵の写真の顔がまるで点滅するように浮かんでは消え、浮かんでは消えしていたのだった。

3

青野悦子から指定された吉祥寺《きちじょうじ》の喫茶店はすぐに分かった。もっとも、東京暮らしの長い比奈子だが、吉祥寺の街にはあまり馴染みはなかった。住みたい街のベストテンに入る吉祥寺はさすがに人が多い。駅前のアーケードは広々として、洒落《しゃれ》た店も多かった。

喫茶店「アントワネット」はその中でも間口がかなり広い店で、自動ドアを入ると店内には香ばしいコーヒーの香りが漂っていた。すぐ左手には販売用のコーヒー豆の棚があり、豆の種類は十数種もあった。そこにはコーヒー粉のドリップバッグも並んでいて、比奈子はすぐにそれが岩佐のアパートの台所にあった物だと分かった。シックなインテリアの店内は混んでいた。ここのコーヒーは人気なのだろう。客の多い割に、店内は静かで、微かにクラシックの音楽が流れている。

青野悦子は店の一番奥まったテーブルで比奈子を待っていた。青いスカーフが目印だと言われていたので、間違えることもなく比奈子はそのテーブルに近づいた。

「青野さんでいらっしゃいますか?」

「はい、青野です」

比奈子はちょっと意外な気がした。年齢はもう七十代後半だと分かっていたから、それなりの予想はしていたが、イメージがまるで違った。岩佐と暮らしていた頃は新宿のキャバレーに勤めていたというので、何となく町田節子に似た派手な婦人を想像していたのだ。

だが、青野悦子は水商売とは無縁の女性に見えた。地味なスーツに、目立つのは青いスカーフだけで、化粧もほとんど目立たないほど薄いものだった。白髪《しらが》の交じった髪は美しいカットでまとめられている。その姿は品が良く、裕福な老婦人に見える。

「お待たせしましたか？」

「いいえ、時間ぴったり。どうぞ、お座りになって」

言葉遣《づか》いも優しげで、その表情も柔らかい。テーブルには水滴の付いた水があるだけで、注文はまだしていない様子だった。グラスの隣にカバーを掛けた文庫本が置かれている。

一応、名刺を差し出して名前を告げた。名刺には広栄出版の特別編集員という肩書きが付いている。今度の取材では肩書きがあるほうがいいだろうと、後藤が急遽《きゅうきょ》作ってくれたものだ。

「あなたの会社の雑誌、『映画世界』も読んでいますよ。映画も好きですから」

「ありがとうございます。でも、私は社員ではなくて、ただの契約ライターなんです」

「映画の批評もなさるのよね」

「はい。そっちのほうが本業なんです」

ウェイトレスが注文を取りに来た。

「何を召し上がる？　ここはコーヒーが一番美味しいのですけど」

「コーヒーをいただきます」

「コスタリカで宜《よろ》しい？　今日のサービス・コーヒーはコスタリカの遅摘《おそづ》みなので」

と、この店のコーヒーに詳しいのか、そう青野悦子は比奈子に説明した。

「それで結構です、すみません」

「ハワイのコナやブラジルの豆はどこにでもありますけど、コスタリカのコーヒーは珍しいでしょう？　私の友人が輸入しているのですけど、とても美味しいの」

取っ付きにくい女性だと困るな、と思って来たが、当たりは優しい。店員が立ち去るのを待って言った。

「今日は、お電話でお願いしましたように、昔のお話を伺いたくて連絡させていただきました。ご迷惑でなければいいのですが」

「いいえ、こちらこそ。岩佐さんの容態を伺えて、こちらの方がありがたく思っています。もうしばらく連絡がなくなっておりましたのでね」

と微笑を見せて青野悦子は言った。テーブルの上に置かれた文庫本を見て尋ねた。

「ここには、本を読みに、よく来られるのですか？」

「ええ、よく来ます」

「お住まいは小金井ですよね？」

「そうですよ。ああ、どうしてわざわざ吉祥寺の喫茶店まで来るのかということね？」

微笑《ほほえ》んで続けた。

「それはね、このお店が私の店だからですよ。小金井にも喫茶店は幾つもありますけどね」

比奈子は驚いて訊き返した。

「青野さんの……このお店、青野さんのご主人が経営されているのですか？」

「いいえ、主人ではなくて私。主人はただのサラリーマン」

「青野さんがお一人で……」

「ええ、そう。主人はここのお客だっただけ。もっとも、始めた頃はこの半分くらいのスペースで、その後に拡張したんですけどね」

「そうだったのですか」

「そう。ここは本店で、支店が他にもありますよ。中野《なかの》と新宿、あともう一軒、今度、渋谷にも支店ができます」

驚くような話だった。キャバレーのホステスだった岡田悦子は実業家に転身し、喫茶店を何軒も所有するほどになっていたのだ。

「凄いですね……本当に立派なお店……」

　比奈子は改めて店内を見渡し、素直に感嘆した。

「ありがとうございます。でも、たまたまこの商売が当たっただけ。それだけで、私に経営の才能が特別あったわけではないですよ。スタッフに恵まれたんでしょうね、皆さん、よく働いて下さったし」

　と青野悦子はまた微笑した。

「そんな……」

「それより、岩佐さん、容態はどうなんですか？　危ないのですか？」

「いえ、今すぐどうこうというわけではないようです。ただ、感染症もあって安心はできないそうですが」

　案じてはいても、見舞いには行かないのか……。結婚しているのだから、それも無理はないのだろうと比奈子はその心中を察した。

「良かった」

　とだけ、青野悦子は言った。コーヒーが運ばれて来た。一口飲んで、この「アントワネット」がチェーン店になるほど人気なのが分かった。岩佐のアパートで口にしたコーヒーも驚くほど美味しかったが、挽《ひ》き立ての豆でドリップしたコーヒーの味はさらに格別なものだった。

「凄く美味しい……」

「でしょう？　喜んでもらえて良かったわ」

もう一口味わってから言ってみた。

「私、こちらのコーヒーを飲んだことがあるんです。もっとも、それはドリップバッグのものでしたけど……」

「どこで？」

「岩佐先生のアパートでいただきました。間違ってるかもしれませんが……この『アントワネット』のものだった気がするのですが」

「ああ、岩佐さんの所ね。そう、それはうちのコーヒー。岩佐さんには毎月送っていますから」

「やっぱり」

「あの方、お酒に目がないけど、コーヒーも好きなの」

「毎月ですか」

「ええ、毎月。それくらいのことはしないとね、罰《ばち》が当たる」

「罰が？」

「だって、このお店、あの方のお陰でできたんですよ。お店の権利を取ってくれたのもあの方だし、開店資金もそう。それに、当時は手に入らなかったコーヒーの粉を手に入れてくれたのもあの方。沢山《たくさん》アメリカ人の友人がいたんですね。とにかくいろんな所に顔が利いて、それは力になっていただきましたから。あの人がいなかったら『アントワネット』はできなかったでしょうね。だから、恩人。毎月、コーヒーを送るだけなんて、恩を忘れた何とかですね」

と青野悦子は苦笑した。町田節子が話してくれたように、岩佐先生が、女と別れる時はありったけの持ち金を渡す、というのはやっぱり本当だったんだ、と比奈子は思った。

「……今日は、世田谷代田時代のお話を伺いたくて来たのですが……」

と言う比奈子に、青野悦子が笑顔で応えた。

「ええ、分かっていますよ。岩佐さんと暮らしていた頃のことですよね」

「はい。当時のことをお話しいただければと思います。記憶されている中でも、そうですね、特に津田倫子さんのことや、『スター誕生』に関係したお話を伺えればと」

「『スター誕生』って、映画のこと？」

「ええ。岩佐先生が関わっていた、当時撮影中だった映画のことですが。何か記憶されていませんか？」

「その映画のことは、あまり覚えていませんね。覚えていないと言うか、よくは知らないの。でも、津田倫子さんのことはよく覚えていますよ。綺麗な女優さんだった……」

「お会いになったことがあるのですか？」

「ええ、そうですよ。あの方、岩佐さんに連れられて、私の所に来たこともあったし……。外でも、二度か三度会いましたね」

青野悦子はそう言って、自分のコーヒーに砂糖を少し、さらにミルクを入れてスプーンを使った。

「津田倫子さんのことは岩佐先生からいろいろお話しいただきましたが、亡くなられた時のことはお話しにならないので、そこら辺の事情がよく分からないのです。たしか事故で亡くなられたと、これは町田節子さんという方から伺いましたが、そのことで何かご存じのことはありますでしょうか」

「町田さんって、春山りえさんのこと？」

「ええ、そうです。昔、女優さんだった……」

青野悦子はまた微笑んだ。

「ああ、あの方ね、りえさん……りえさんも、お元気？」

「ええ、お元気です。今は渋谷で『節子』というお店をされています」

「じゃあ、りえさんにもお会いになったのね？」

「はい。今は、岩佐先生の面倒もみていらっしゃるので」

「りえさんが……そうなの……知らなかった……あの人、いい人ですものねぇ」

「町田さんも、青野さんのことをそうおっしゃっていました」

「おかしいわねぇ、そういう間柄じゃなかったのに」

青野悦子は昔を懐かしむように呟《つぶや》いた。この青野悦子も町田節子に悪感情はないらしい。本来ならば岩佐先生を自分から奪った相手なのに……と比奈子も微笑むような気持ちになった。

「津田倫子さんが亡くなった時のことは、そう、今でもよく覚えていますよ。私はあの映画には何の関係もなかったけれど、岩佐さんと一緒に暮らしていた時のことですからね。それは大変な騒ぎだった……あの夜は、一晩中、寝ないで起きていたし……」

「津田倫子さんが事故に遭《あ》われた日のことですか？」

「ええ、その晩。岩佐さんは、部屋を飛び出して行ったまま帰って来なかったから……朝まで、私も起きていた……」

「その日のこと、伺えますか？」

「そうねぇ……でも、あまり思い出したくないことなの。岩佐さんから、何も聞かれなかったのかしら？」

「伺う前に容態が悪くなられて……」

「そうなの……あの人、何も話さなかったのね、やっぱり……」

優しげな表情が消えた。

「思い出したくない、というのは、津田倫子さんの事故のことですか？　それとも……」

「そうねぇ、何もかもかな。みんな、楽しい話じゃないし」

「それは、何となく分かります」

「そうは言っても、そのことで取材に来られたのでしょう？」

「そうですが……申し訳ないという気も、実はしています」

微笑んで青野悦子が言った。

「ずいぶん優しい記者さん」

「あまり優秀なインタビュアーではないんです。映画批評とか解説が本業なので」

と、比奈子も苦笑した。

「本当、そうみたいね」

「ただ、『スター誕生』という映画が日本にもう一本あったということは、今の映画関係者も知らないことでしたし、その作品が完成しながらどうして公開されなかったのか、その理由をどうしても知りたいと思いまして……それで、取材を続けてきたものですから」

「分かりますよ、それは」

「『スター誕生』という作品について、あまりご存じないということは伺いましたが、公開中止の理由について、何かご存じのことはありませんか？」

「それは、津田さんが亡くなられたから」

「ええ、それは分かります。そのことはもう岩佐先生からもお話を伺いました。でも、主演の女優さんが撮影の途中で亡くなられた場合に中止になることは考えられますが、完成後というのが腑《ふ》に落ちないというか、分かりにくいんです。撮影は終わっていたのですから、製作費もすべて犠牲にして公開を中止する……素人《しろうと》考えなのかもしれませんが、ちょっと考えられない出来事だと。この謎《なぞ》を解くのが今回の記事のテーマでもありますので」

「それは、簡単な理由ですよ。上野先生のご意志でしょう」

「そうですね、それも伺いました。でも……どうして上野先生が、そこまでなされたのか……やはり疑問ではあるのです」

「それは……上野先生が、津田倫子さんをそれほど愛されていたから……」

「愛していたら、公開を中止するものですか？」

「しないでしょうね、普通なら」

と青野悦子はあっさり答えた。

「それでは、どうして？」

「普通ではなかったからでしょう」

「おっしゃっていることが、よく分からないのですが……」

「そうでしょうね、私だって、よく分かっているわけじゃないんですよ。ただ、何かがあった、ということを知っているだけ」

「何かがあった、ということは？」

「上野先生と津田倫子さんの間に、何かがあったということ……もしかすると、岩佐さんも関係していたかもしれない何か。普通の恋愛で、一方が亡くなられても、ああいう結果になることはないでしょうから」

「完成した主演作品を公開中止にするようなこと、という意味ですね？」

「ええ、そう」

「その何かに、岩佐先生も関係されていた、と？」

「ええ、関わっていたんだろうと、そう思いますよ」

コーヒーを一口飲んで、青野悦子が重い口調で話し始めた。

「いいわ、話してあげる。それにはね、まず、岩佐が誰をこの世で一番愛していたのか。そのことをお話ししなければ、真実には近づけないと思うの。その話からあの晩のことを話してあげましょうか。たぶん、あなたは、間違っているんだと思う。岩佐が津田倫子さんという女優さんを密《ひそ》かに愛していたのだろうと、きっとあなたは思っているんだと思うけど、それは間違い。あの人が、岩佐が本当に愛していたのは、上野先生……上野先生のために、あの人は津田倫子さんを殺した……そう、上野先生のために、私は、あの人が津田さんを殺したのだと思っているのですよ」

4

意外だと思うでしょう？　私はね、津田倫子さんという人が嫌いなの。ううん、あの人が嫌な人だという意味ではないのよ。あの人は本当に綺麗で、それだけじゃなくて性格も良くて、それでいろんな方に愛された……。それは本当だと思う。あの人は、頭も良くて、優しくて、いつも素直でね。だから、みんな、誰も彼もが津田さんを愛した。

でもね、人を憎んだり、嫌ったりするのは、その人が嫌な人だからという理由だけじゃないでしょう？　どんな素敵な方だって、素敵さゆえ憎まれたりもする。嫉妬《しっと》することもあるだろうし、ただ単に性格が合わないことだってありますから。人間の好き嫌いは理屈ではありませんからね。

とにかく、私はあの津田倫子さんが嫌いでしたよ。ただね、私の場合、理由ははっきりしているの。おそらくあなたもご存じだと思うけれど、岩佐もやっぱりリンコ病に罹って いたの。そう、岩佐は津田倫子さんを愛するようになっていたんですよ、本気でね。ただ、自分の立場もあったから、そんな感情を表に出さなかっただけ。でもね、私は知っていましたよ。岩佐とは付き合いも長かったし、一緒に暮らしていたんですから。

岩佐は間違いなくあの娘さんを愛していた。あの人の女癖はもちろん知っていましたよ、過去も知っていた。どんな女性たちとどんな付き合い方をしていたかもね。そんなことは全て飲み込んで、私はあの人を愛していた。たぶん、あの頃、あの人も私のことを本気で愛してくれていたと思う。本当に、年が明けたら結婚することになっていたし、仲人《なこうど》も上野先生に頼むことになっていたんだもの。

ええ、そうね、岩佐に結婚しろと言ってくれたのは上野先生。上野先生が私の味方をして下さったの。だから、私も上野先生を尊敬していたし、大好きだった。岩佐と同じようにね。そんな岩佐が、ある時から変わった。そう、『スター誕生』っていう映画の撮影が始まってからね。あの人に女の影がある時はいつもすぐ分かるんだけど、そう、あの時は分からなかった……。まったく気が付かなかったの。

その頃、私は下北沢から小田急線で一つ先の世田谷代田のアパートに住んでいたんですけど、部屋は二階でね、窓のすぐ傍に街灯があったの。雨戸なんてなかったから、その街灯の明かりで、カーテンを閉めていても部屋は暗くならなくてね、だから寝ていても隣の岩佐の顔がよく見えた……そんな岩佐の寝顔を眺めているのが嬉しくて、私は寝たふりをしてよくあの人の横顔を見ていたの。幸せだった……外で女遊びをしてきたと分かる夜だって、それでも幸せだった。だって、ちゃんと私の所に帰って来て、横で寝ているんだもの。この人は私のものだ、って、そんな思いだったんでしょうね。

そうねぇ、『スター誕生』の撮影が始まってだいぶ経った頃ね。いつものようにあの人の寝顔をそっと眺めていて、あの人が眠っていないことに気付いた……。あの人の、横顔を見ていたら、その目尻から涙が流れているのに気が付いたの……。本当に、驚いて……一瞬で体が氷のように冷たくなって……この人、何で泣いているの、って……。もちろん、声なんて立てられない……見てはいけないものを見てしまったっていう、どう言ったらいいのかしらねぇ、恐怖感のようなものが湧き起こって、私も急いで目を閉じた。

そう、そんなことがあって、それで岩佐が誰かを愛していることに気が付いたの。それも、いつもの女遊びではないんだって。ええ、その相手はすぐに分かった。理屈でなくて分かるのよ、そんな時は。あなた、好きな男の方がいらっしゃる？　たった一人……それなら分かるでしょう。その最愛の人の心が、すーっと自分から離れて行く……。急に周囲が冷え冷えしていく、そんな感覚。

あなたももうよくご存じだと思うけど、岩佐って、豪快で明るくて、男気があって、二枚目にも三枚目にもなれる人ですよね。それでいて、驚くほど何でも気が付く繊細さもある人。そう、外見とは違って、物事を本当によく見ている人だった……。だから、例えば私の他に女ができても、無理に隠そうとはしなかったし、畳の上に両手を突いて、すまん、出来心だ、勘弁してくれ、なんて平気で言ったり。そう、その程度のことで私が本気で怒ったりしないことをよく知っていたのね。

それなのに、津田倫子さんの時はそうではなかった。それは見事に自分の感情を隠していたの。いえ、隠すと言うのとは、違ったかもしれない。むしろ押し殺していたと言うほうが近いのかしらね。だから平気で私たちの部屋に津田さんを連れて来たこともあったし、下北沢や新宿で一緒に食事をしたりすることもあった。新宿では、どこだったかしらねぇ、新しくできたというホテルの中のレストランで一緒に食事をしたこともあった。

そう、その時は、たしか上野先生も一緒だった。津田倫子さんが上野先生に夢中だということは岩佐から聞いていたから、私もお二人の様子を注意して見ていたんだと思う。こっそり、ね。だから上野先生が岩佐の言う通り、本気で津田さんを好きになられていることも分かっていたの。上野先生は物静かな方でしたし、津田さんとは違って、岩佐や私の前ではそんなご自分の感情を表に出すことはなかったの。まったくいつもと変わらなかったたし、私に接するのと同じようにされていた。

でもね、お二人が並んで座っていると、歳はずいぶん離れていたけど、私には、それは素敵なカップルに見えましたよ。上野先生のこと？　もちろんよく知っていた。だって、私と岩佐の仲人をして下さることになっていたくらいでしたもの。もう、それは偉い方でね、皆さんどなたも上野先生の前では小さくなってかしこまっていたけれど、私にはとても優しい方でしたよ。

岩佐と違って小柄な方なんだけど、並ぶと岩佐のほうが小さく見えるほど貫禄《かんろく》があって……。でも、偉ぶったところなんか少しもなくてね。例えば、当時、私は新宿の場末のキャバレーで働いていたのだけれど、私と話す時も、まるで深窓の令嬢か何かのように接して下さった。気遣いが凄くて……嫌な思いなんかしたこと、一度もなかった。

ですから、皆さんが畏《おそ》れながらも上野先生を慕う気持ちが、本当によく分かった。そんな上野先生が好きになられたんだから、津田倫子さんがどれほど素敵な娘さんだったか、あなたも想像がつくでしょう？　息を呑《の》むくらいの美少女……それだけじゃなくて、どういうのかしらね、純真な愛らしさかなぁ。女の目から見ても、ああ、こんな女性に生まれてきたらって、そう思ってしまうほど綺麗でね。

普通なら、そんな女性は同じ女の人からはかえって疎《うと》まれるものだと思うんだけど、そう思わせないくらい魅力があった。ああ、この娘さんには敵《かな》わないって、諦めてしまうほど魅力的なの。だから歳こそ離れていても、上野先生とは本当に素敵なカップルだと私は思った。

それなのに……最初にお話ししたように、私は津田さんが嫌いだった。どうして嫌いだったか？　それはね、津田さんが岩佐のことをほんの少しも愛していないことが分かったから。ええ、そう、嫌いになる理由としてはおかしいわよね。恋敵《こいがたき》にならなくて済むんだから、喜んで当たり前なのに、その逆なんだから。でも、私はそれであの人が嫌いになった。

ううん、岩佐の感情を弄《もてあそ》んだという意味ではないの。津田さんは、岩佐の気持ちを知っていたかもしれないし、もしかしたら気が付いていなかったのかもしれない。どちらにせよ、津田倫子さんの心の中に、ほんのわずかも岩佐は存在していなかったということ。岩佐は自分の恋情を押し殺し、夜中に涙していたのに、津田倫子さんはそんな岩佐の想いなんか気にもしていない……。

そう、私は岩佐が可哀想《かわいそう》だった……理屈の上では、本来なら喜んでいいことなのにね、私は逆に津田さんを憎んだの。まったく、女って何なのかしらねぇ。

岩佐が自分の想いを津田さんに伝えたかということ？　さあ、それは分からないけれど、岩佐はおそらく口にはしなかったと思う。どうしてそう思うのかって……岩佐はそういう人だから。それが叶《かな》うか叶わないかの判断ではなくてね、岩佐が津田倫子さんを愛する以上に上野先生を愛していたからだったと、私は思ってる。だから、お二人が愛し合っていると知った岩佐は、上野先生を思って自分の恋情を押し殺した……。

二人の関係？　いいえ、同性愛という意味ではないのよ。もっと深くて大きい人間の関係かしらね。兄弟愛でもないし、親子の愛情でもなくて、そうねぇ、何なんだろう、私には分からないのですけど、戦友なのかな。そんじょそこらの人が割って入れるような関係ではなくて……。だから、岩佐は死ぬ思いで津田さんへの恋情を押し殺した。私は今でもそう思っていますよ。だから、岩佐は津田倫子さんを殺すようなことを敢えてした……。

そこで、あの日のことね。あの晩、いったい何が起こったのか。申し訳ないけど、私はその全てを知っているわけではないの。はっきりとは知らないのですけど、想像はできる……そういうこと。ですから、これからお話しする出来事も、真実なのかどうかは分からない。もしかしたら、ただの妄想なのかもしれない。ですから、それを承知で聞いて頂戴《ちょうだい》ね。

あの晩というのは、たしか『スター誕生』の完成試写があった日のこと。初号と言うらしいけど、もう音も入った編集の終わったフィルムね。その晩、私は風邪気味で少し熱があってね、仕事をお休みしていた。仕事って、キャバレーのホステスよ。家族は空襲で焼け死んで、親戚をたらい回しにされて育った学歴もない私に働ける所はそんなになかったの。でもね、それは大したことじゃない。当時、そんな身の上の方は大勢いたんだもの。

その日、岩佐は朝から藤沢に行っていたんだけど、夜の九時過ぎに帰って来たの。試写は藤沢の撮影所でやっていたらしいのだけど、試写が終わると鎌倉の割烹《かっぽう》旅館さんで関係者の宴会をやっていたのね。あの人のことだから、九時過ぎに帰って来るのは意外だった。二次会、三次会って飲み歩いて、酔って帰って来るものと思っていましたからね。いつも午前様の人でしたから。

そんなあの人が、あんまり早く帰って来たのでびっくりした。もしかしたら、私が熱を出しているので心配してくれたのかな、って、そんなこと思ったりして。私も暢気《のんき》なものだけど、ちょっとそんなことを思ったりしたの。岩佐は酔ってなんかいなかった……それよりも青い顔をしていた。寝ている私のことにも気が付かない様子で、あの人は台所で一人無言でお酒を飲んでいた……。

どうしたの、何かあったの？　と訊いても返事はなかった。私は体調も悪かったからそれ以上何も訊かなかった。それから小一時間も経ったのかしらね、誰かが戸口にやって来て、ドアを叩《たた》くの。布団《ふとん》の中でうつらうつらしていたのね、私はその音で目が覚めた。やって来たのはびっくりしたけど、上野先生だった。私が起き上がる前に岩佐が迎えに出て、しばらく話し込んでいたの。上野先生が私のアパートに来ることなんかそれまでなかったし、私も急いで寝床から起きて服を着た。あなたはピンとこないでしょうけど、その当時、私たちのアパートには電話なんかなくてね、緊急の電話は一階の大家さんのお宅に掛かってきたりしていて、電話のたびに大家さんがわざわざ私たちの所に来てくれていたの。

でも、その時は大家さんに電話もなくて、上野先生が直接岩佐を訪ねて来たのね。その晩は生憎《あいにく》雨が降っていて、背広姿の上野先生はずぶ濡《ぬ》れになっていた。もちろん二人の話し声は聞こえた。狭い一間のアパートだし、戸口まで距離はなかったから、どんな話をしているのかが分かったの。

上野先生が話しているのは、津田倫子さんのことだった。上野先生は岩佐に津田倫子さんの居場所を訊いていた。岩佐は、知らない、と答えていたわ。上野先生がその晩滞在されていた富岡の別邸まで車で送り届けただけで、そのまま真っ直《まっす》ぐアパートに帰って来た、と答えていたの。上野先生は体調が悪くて鎌倉の宴会の席には出られなくて、富岡の別邸で養生《ようじょう》されていたのね。たぶん、女中さんの絹さんを連れて滞在していたはず。

その時ね、ちょっと変だなって、そう思った。上野先生はお体のことがあって別邸に行かれていたのでしょうけど、何で津田さんを富岡の別邸に送り届けたのか、って。だって、そうでしょう？　普通なら、下北沢のお屋敷に送って行くはずなのに、どうして別邸に、って、そう思った。だから私、上野先生の容態が悪くなって、津田さんを付き添わせるために、それで送って行ったのかと、そう思ったの。そう、鎌倉から富岡は近いんですものね。もしかしたら、先生と津田さんを、粋《いき》な計らいで、お二人だけにするために津田さんを富岡に連れて行ったのかな、とも思ったし……。

「下北沢のほうにもいないんですか？」

っていう岩佐の声が聞こえてきたわ。下北沢というのは、先生のお屋敷のこと。

「ここに来る前に見て来た」

上野先生は富岡からタクシーを飛ばして下北沢に行ったと話されていた。

「木下はどこにいる？」

「あいつは二次会に行きましたが、まだ横浜かどこかで飲んでいるはずです。あいつとは一緒じゃあないと思いますよ。杉田女史の所に電話してみましたか？」

「ああ、した。あの人は撮影所からすぐ自宅に帰ったそうだ。倫子から連絡はないと言っている」

杉田女史っていうのは、『スター誕生』の撮影で津田倫子さんの結髪をしていた方。私も一度お会いしたことがあったから、その人の名前は覚えていた。ええ、朗《ほが》らかな方。

「他に心当たりはないですか？」

と、岩佐が訊くと、考えていたような間《ま》があって、上野先生がこう答えていたの。

「わからん……銀座の店にでも行ったか……だが、『けいこ』は、今日は日曜で休みだからな。電話してみたが誰も出なかった」

「けいこ」というのは津田さんの従叔母《いとこおば》にあたる方のお店。銀座のクラブのことね。

「でも、他に行く所はないでしょう。『けいこ』なら閉めていても倫子は鍵を持っているかもしれないですし、それなら入れます」

「そうだな……」

「行きましょう、早く見つけたほうがいい」

と答えて、岩佐は再び外出の準備をして、私に、これから出掛けるけど、帰る時間は分からないから先に寝ていてくれ、と言い残して外套《がいとう》を取りに行った……。慌ててお茶の用意をする私に、

「騒がせて、すまない。すぐ行くからお茶は要《い》りません」

と、戸口から上野先生が頭を下げたわ。その時の上野先生の顔も、真っ青になっていた。

「何が……あったんですか？」

私がそう訊いても岩佐も上野先生も、何も教えてくれなくて……。

「これを着て下さい、風邪をひく」

岩佐が自分の外套を上野先生に無理やり着せて、二人はすぐに部屋を飛び出して行ったの……。

最初にお話ししたように、その晩、岩佐は帰って来なかった。そう、私はそのまま起きて、朝まで岩佐の帰りを待っていたのよ。その晩私が目にした出来事は、それだけ。じゃあ一体何が起こっていたのか……ここからは見たことではなくて、私の想像。それもさっきお話ししたわね、ただの想像で真実とは違うのかもしれない。

でも、間違ってはいないと、今でも私はそう思っているの。津田倫子さんの行方が分からなくなったのは、岩佐が何かをしたからだって。岩佐が津田倫子さんを鎌倉の宴会から上野先生の富岡の別邸に送り届けたことは、上野先生との会話で分かった。その後、何があったのか……。その晩、それはいろんな想像をしたわよ。もう眠れなくなっていたし……。

最初に考えたのは、随分、荒唐《こうとう》無稽《むけい》なことだった。岩佐が上野先生に説明したように、津田さんは車で上野先生の別邸までは無事に帰った。でも、送り届けはしたけど、津田さんはその別邸には帰っていない……そう、私、津田さんが誘拐《ゆうかい》されたんだ、って思った。誰かに誘拐されて、どこかに監禁されているんじゃないかって、そう思ったの。

でも、すぐに、それはおかしいと思い直した。だって、そうでしょう、玄関先まで送ったのなら、すぐにお家に入ってしまうのだから、第三者が誘拐する間なんてあるはずないものね。でも、その別邸が路地かなんかの奥だったら、車が入れなかったのかもしれない……私はその別邸にお邪魔したことがなかったから、どんな場所にあるのか知らなかった。だから、勝手にいろんな想像をした……。

次に考えたのは、もっと突拍子《とっぴょうし》もないことだった。誘拐されたんだという考えは消えないで、誘拐したのは岩佐かもしれないと、そう思った。もうその頃は、岩佐が津田倫子さんを好きになっていることに気が付いていたし、岩佐ならそれができると、そう思ったの。津田さんを富岡の別邸に送り届けたというのも、もしかしたら嘘かもしれない……。岩佐が帰って来た時の様子もずいぶんおかしかったから、まったくあり得ない話じゃない、って、そう思った。そう、真っ青な顔で帰って来ましたからね、あの人。

でも……それも不自然な想像だと、また考え直した……。もし誘拐してどこかに監禁したのなら、別に急いで私の所に帰って来なくてもいいんじゃないかって、そう思いもした。

次に思い至ったのは、もっと恐ろしいことだった。もしかしたら……殺してしまったのかもしれないって。岩佐には酷《ひど》い話だけれど、その時、私はそう思ったの。それほど岩佐は津田さんのことを思い詰めていたのか……。朝になるまで、私は……ずっと、岩佐が津田さんを殺してしまったと、そう思い込んで泣いていた。

何で泣いたのか……ちょっと分からないのだけれど、怖いという感情はまったくなくて、ただ悲しかったのかしらね。岩佐の心が私から離れてしまったことが悲しかったのか、殺人まで犯すほど津田さんを愛していたことを思って泣いたのか、それとも他の理由だったのか……今、考えてもよく分からない。

朝になって岩佐は帰って来た。顔色は悪かったけれど、落ち着いていた。

「津田さんは、見つかったの？」

と訊いたら、

「いや、見つかっていない。まだ行方は分からん」

とあの人は答えて、

「おまえの具合はどうだ？　放り出して悪かったな」

と言ってくれた。私は、また泣いてしまったの。思いもしなかった優しい言葉でしたからね。

「一体、何があったの？　どうして津田さんがいなくなったの？」

私はそう訊いた。

「酷いことをしたんだ」

って、あの人は答えた。予想していたのとは違って、落ち着いた口調だった。

「酷いことって、誰が、何をしたの？」

と私はまた尋ねた。

「俺が、倫子のためにしたことだ。いや、そうじゃあないか……倫子のためじゃあない」

あの人は私の額《ひたい》に手を当てて、

「なんだ、まだ熱があるじゃあないか。さあ、寝ていろ」

と言った。寝ていろ、と言われても、それどころじゃないから、すがるようにしてまた訊いたの。

「話して。あなたが、何をしたの？」

「今、話した通りだ、酷いことだよ。それがあの娘《こ》のためだと、そう思ってやったが……それで良かったのか、凄く気になる。もしかしたら、間違っていたかもしれない……分からん……俺には、分からん」

そしてあの人が話してくれたの、何をしたのか。やっぱり、それは津田さんを殺すようなことだったんだって思った……。津田倫子さんは、あの人がしたことが原因で死んでしまったのよ。そう、私はまだ知らなかったのだけど、上野先生はただのご病気ではなくて、癌に罹っていた……。もちろんそのことを知っていたのは岩佐だけ。誰にも知られてはいけない秘密だった。上野先生は津田倫子さんにもそのことを告げていなかったの。告げないどころか、絶対に知らせてはいけないと、先生は岩佐に厳命していた。

それなのに……岩佐は、それを津田さんに告げた……上野先生を一人で死なせるわけにはいかないと、岩佐は上野先生の死が間近に迫っていることを津田倫子さんに告げてしまった……。その衝撃で、津田さんは行方不明になった……真っ先に自分に教えてくれなかった上野先生に裏切られたと思ったのか、ただ悲しくて行方をくらませたのか……それは分からないけれど、岩佐が上野先生を思ってやったことは間違いない……。これが、私が考えたこと。

その次に、もっとありそうなことを想像した……。ただ先生のご病気のことを話すだけじゃなくて、岩佐が津田さんに手を出した……私、そう考えたの。その理由？　それは津田さんに上野先生を諦めさせるため。ううん、岩佐が欲望に負けて手を出したとは思っていない。私は、岩佐が津田さんに手を出したとしたら、それは先生のためだ、と思った。津田倫子という少女を大スターにすることが上野先生の遺言《ゆいごん》だったはずだから、何が何でも上野先生から津田さんを引き離そうって、そう考えたのだと思う。そして、上野先生があの人に、それをやれ、って指示した……。だから、津田さんは、上野先生が裏切って自分を棄《す》てたと思った……。ね、そのほうが筋が通るでしょう？　津田倫子をスターに仕立てるために、八重歯《やえば》を抜かせた先生だもの、そんなことをしても、そんなに不思議ではないのよね。

でもね、岩佐が津田倫子さんを死に追いやったことだけは間違っていないと思う。だって、津田さんは結局、自殺してしまったのだもの。

そう、事故なんかじゃないわ。肝心の津田さんが、上野先生や岩佐が考えるほど強い人ではなかったということ。あの人が、岩佐が津田さんを殺したと言うのは、そういう意味。あの人が、上野先生のために何かをしなければ、津田さんは自殺なんかしなかった。ええ、絶対に、そんなことはしなかったと思う……。

今になって分かるんだけど、結局、岩佐は津田倫子さんより上野先生が大事だったということね。上野先生のためなら、どんなことでもするのが岩佐という人なんだから。

5

フェニックス・プロは六本木《ろっぽんぎ》に新しくできた高層ビルにあった。二十四階のフロア全てを一年前に買い取り、それまで赤坂《あかさか》にあった会社を六本木に移したのだと、比奈子は広栄出版の後藤から聞かされていた。芸能プロの中でも、それほど業績がいいということだろう。

秘書らしき女性に通された会長室の大きなガラス窓からは、皇居や銀座のビル群が見えた。部屋も豪華で、芸能プロダクションというよりも、急速に発展したＩＴ企業のような雰囲気だった。広栄出版の汚いオフィスばかり見ている比奈子には、この近代的でホテルのように綺麗な部屋が、何だか現実離れしているように思える。

会長の木下信二はすぐに現れた。

「やあ、お待たせして申し訳ない」

グレーのスーツ姿で登場した木下は、「ロマンス・グレー」と言われてもてはやされた、昭和の時代から現れたような銀髪の老紳士だった。

「こちらこそ、お忙しいところをお邪魔して申し訳ありません」

「いやいや、忙しくなんかないんですよ。ここには毎日出て来るわけではないですし……会社のほうはもうみんな息子がやってますから」

と、立ち上がった比奈子に腰を下ろすようにと言った。

「南さん、あなたのことは広栄出版の後藤さんから伺いましたがね、その前からお名前は存じ上げていましたよ。『映画世界』の連載も読ませていただいた」

秘書が運んで来たコーヒーを勧め、

「素人の私が言うのもおかしいですが、あのインタビュー、あれは面白かったですよ。本当によく取材をされているので感心しました」

「ありがとうございます」

「あの記事で知ったんですが……岩佐専務もお元気なんだそうですね？」

と言ってから、

「ああ、昔、上野事務所当時ですが、岩佐氏のことを専務と呼んでいましたんで……その岩佐氏ですが、失礼なことに私はもうてっきり亡くなられているものだと思っていたんですよ。本当に申し訳ないことですよ。ご健在とは知らなかった」

と木下は言った。比奈子はそんな木下に、岩佐靖男の近況をまず説明した。

「それは、いかんですねぇ……ご健在だったのなら、一度お会いしたいと思っていましたが……快復されるといいですねぇ。私もお見舞いに行かんとならんなぁ」

比奈子は、現在、面会も難しい状況なのだと告げてから、

「もう少し具合が良くなられたら、きっと喜ばれると思います」

と付け加えた。

「そうですか……あの方には随分とお世話になりましたよ。豪快な……本当に、良い方でした。何から何まで教えていただいたし。この会社を立ち上げる際にもお世話になった」

「後藤のほうからお聞きになっていると思いますが、今日は、会長が上野事務所におられた当時のことを取材させていただきたくて伺いました」

と、比奈子はまずそう切り出した。

「ええ、後藤部長さんから聞いていますよ。ただね、そいつはずいぶんと昔のことですからね……もう、四十年、いや、五十年以上も昔の話で……覚えているか、どうですかねえ、あまり自信がないんだが」

木下は、そう言って頭に手をやった。

「会長は当時、上野事務所の芸能部にいらっしゃったそうですね」

「うん、そう。あそこの芸能部にいたんです。映画の製作だけではなくて、俳優たちのマネージメントも手がけるようになっていたんですよ」

「その俳優さんですが、当時はお抱えのタレントさんに一人ずつマネージャーのような方が付いていたのでしょうか?」

「いや、そうではないですね。それほど俳優の数も多くなかったし、芸能部と言っても部のスタッフは三人くらいでしたから。みんなが、その時、その時で俳優たちの面倒を見ていたわけですよ。宣伝部も兼務でしたしね。そもそも上野事務所は映画の企画と製作がメインの会社で、芸能部なんていうのができたのは私が入社してからでしたよ。だから企画部の連中が幅をきかせていて、私ら芸能部のスタッフは小さくなっていたもんです。時代劇で言えば直参旗本《じきさんはたもと》と下級武士みたいな感じかなぁ」

木下はそう言って笑ってみせた。

「実は、今日は津田倫子さんのことを知りたくて伺ったのですが……木下会長は、当時、上野事務所で津田倫子さんの担当をされていたと……」

「津田倫子さんですか……」

「覚えていらっしゃいますか？　『スター誕生』の撮影当時のことですが」

「もちろん覚えていますよ。ほう、『スター誕生』のことをご存じでしたか」

　と木下はちょっと驚いた顔になって言った。

「はい、岩佐先生に伺いました。記事が出るのはこれからですが……。その『スター誕生』で主演されていた津田倫子さん……できれば、その津田さんのことについてお話をお訊きできればと思っています」

　宙を見つめるようにして木下は答えた。

「よく覚えていますよ。おっしゃるように、私は津田倫子さんの担当でしたから」

「それでは、津田倫子さんが亡くなられた時のこともご存じですか？」

「もちろん。あれは……忘れられるわけがない」

　そう言ってから、

「すみませんが……煙草を吸ってもいいですか？」

　と訊いてきた。今になって気が付いたが、客用の応接セットのテーブルには、今時珍しく灰皿とライターのセットが置かれていた。

「どうぞ、お吸いになって下さい。私もときどき吸いますから」

「それでは、失礼します」

と言って、懐中から煙草を取り出した。

「良ければ、あなたも？」

「いえ、私は結構です」

取り出した煙草は、ラッキーストライクだった。煙草に卓上のライターで火を点けて、木下が続けた。

「『スター誕生』の津田倫子さんですか……懐かしいですね、本当に懐かしい……私がまだ新入社員当時のことですよ、あの事件は……。もうみんな夢中でね、よく働いた……全社一丸……いや、『スター誕生』って映画のことではなくて、本物のスター誕生という意味です……津田倫子さんをね、スターにするためにね、上野事務所の社員たちが一丸になって働いていたと、そういう意味ですよ。津田さんをスターにすることが会社の悲願のような感じになっていましてね。だから、津田さんの突然の死で、誰もが魂《たましい》が抜けたようになった……。もちろん、私もその一人でした。なにしろ私が津田さんの担当でしたからね、ショックも人一倍大きかったですよ。本当に、あの事件は衝撃だった。未《いま》だに忘れられない出来事です。本当に、その後しばらくは仕事も手に付かなかった……私だけじゃない、社員の誰もが、もう、呆然《ぼうぜん》としてしまってね」

「それほど……皆さんが……」

「そう、本当にショックだった。みんな彼女が好きでしたからね」

「上野事務所で、アイドルのような存在だったのですね」

「そうそう。今で言えば、確かにアイドルのような感じでしたかねぇ」

「リンコ病ですね」

「リンコ病？」

「ええ、そういう言葉があったと、岩佐先生から伺ったものですから」

不快な表情になるかと思ったが、予想に反して笑顔になって木下が応えた。

「なるほど、あなた、そのことも知っておられるんだ」

木下はそう言って笑った。

「『スター誕生』のスタッフの方たちだけでなくて、上野事務所の方たちも感染したと、そう伺いましたが」

「そう、確かに感染しましたよ、誰もがね。まあ、一番重症の患者は、たぶん私だったんだろうと思いますが。岩佐専務もそうおっしゃったんじゃないかな」

と、懐かしげに木下が微笑んだ。

「そりゃあね、私が重症患者になっても仕方がないんですよ。なにしろ、津田さんと一番長く一緒にいたのは私でしたからね。さっき言いましたが、芸能部で津田さんの担当は私でしたから、いつも一緒にいたわけですよ。撮影所でも一緒、新劇の劇団で演技指導を受ける時も、声楽のレッスンの時も、日舞やバレエの稽古《けいこ》の時も一緒。とにかく一緒じゃない時がなかったですから、そりゃあ感染したって仕方がない」

「撮影のスタッフの方たちもそうだったと聞きましたが」

「そう、私だけじゃない、あの時のスタッフだって、みんな、そのリンコ病にやられたんですよ。とにかく凄い娘さんだったからなぁ。本当に、津田倫子という人は、そうだなぁ、それこそ百年に一度現れるかどうかという、そんな女優さんだった。もし生きておられたら、間違いなく日本を代表するスターになっていたと思いますよ。ご存じの通り、私は芸能プロをずっとやってきた男ですが、未だに津田倫子のようなタレントに出会ったことがないですから。ずっと探し続けて来たわけですが、たぶん、死ぬまで巡り会えないんじゃないですかね」

「これまで取材した方たち、皆さんそうおっしゃっていました。本当に素敵な女優さんだったのですね」

「そう、本当に凄かった……独特の目をしていましてね、あの目で見つめられると、みんなリンコ病に感染してしまうんです。今、思い出してもおかしな気になる……だから、彼女が急逝した時には、さっきも言いましたが、会社の連中は気が抜けたようになりましたよ。特に企画部の連中がね、気の毒だったな」

「企画部の？　芸能部ではなくてですか」

「そう。企画部では、もう彼女の次回作の企画が相当進んでいましたからね。そうだなぁ、たぶん、四、五本の企画が上がっていたと思いますよ。一つはもう脚本の準備までしていたし、合作の企画ももう進み始めていたんです」

「海外との合作の企画ですか」

「うん、そう。アメリカとの合作の企画が一本。これは、戊辰《ぼしん》戦争に破れた会津《あいづ》藩士の娘が、移封先の斗南《となみ》藩ではなくてアメリカのサクラメントに行く話。『おけい』と言って、実話を基《もと》にした作品ですよ。その後、ドラマ化もされましたがね。その合作の話で、上野社長がすぐにアメリカに飛ぶことになっていた……他にもう一本、どうしても実現したい企画がありましてね。それは中国との合作です」

「中国ですか」

「そうですよ。これは、いける、と私は思った。李香蘭の自伝の企画。李香蘭は戦時中の芸名で、日本名は山口淑子さん。ご存じですか、山口淑子さんは？」

「ええ、お名前は存じ上げています。映画も何本か観ています。『支那の夜』も観ました」

「さすがですね。そう、中国名は李香蘭というあの山口淑子。当時、山口さんもまだご健在でしたしね。中国側と折衝して中国ロケもするつもりでしたから。『おけい』はともかく、これはいい企画だと私は思った。李香蘭を演《や》れる女優なんてそうはいませんからね。だけど、津田倫子ならできる、と思った。もし実現していたらと、今でも思いますよ。きっと凄いことになっていた。私がそう思っているのですから、そりゃあ企画部の連中はどんな思いだったか……がっくりなんてものじゃない。悔しくて、悔しくて、それこそ夜も眠れなかっただろうと、そう思う。あの事故さえなかったら、あんなに酒を飲まなかったらって、泣いた奴もいたはずだ」

「お酒、ですか？」

「そう。酒さえあんなに飲まなかったら、あんな事故も起きなかった……」

「今、事故とおっしゃいましたが……津田倫子さんは、事故で亡くなられたのですか？」

「ええ、事故ですが……他の所では違うことをお聞きになった？」

怪訝《けげん》な顔で訊き返された。

「はい」

「どういうことかな？　急逝は急逝ですが、病気ではないですよ」

「ええ、それは存じています。ですが……津田さんが亡くなられたのは……入水《じゅすい》自殺だと……」

木下が笑って言った。

「馬鹿な。事故ですよ、自殺なんかじゃないです。いったい誰がそんな話をしたんです？　海に入って亡くなったのは本当ですが、自殺なんかではありませんよ。酒に酔った結果、あんなことになった……あの夜は、津田さんが亡くなった夜のことですが、私も彼女と一緒に飲んでいましたから、今でもよく覚えている」

「『スター誕生』の初号ですか、完成試写の後で、鎌倉の割烹旅館で宴会をされた、その夜のことですね?」

「そう。あなた、よくご存じだ」

「その夜のことですけど、津田さんは富岡の海で亡くなられたと……」

「ええ、その通り。そこまでは間違っていませんよ。上野社長の富岡のほうの家に帰って、そこの海で溺れてね、それで亡くなった。夜に海に入るなんて、そんな馬鹿なことと思いますよね、誰もが。もう暗くなった時刻ですよ、そんな時間に冷たい海で泳ぐなんて正気ではないですから。ですが、そんな馬鹿なことをしてしまった。それはね、飲んだこともない酒を無理に飲まされたからだ。それで、幻想でも抱《いだ》いたのかなぁ、泳げる気になってしまったんですかね。今、思い出しても悔しくて堪《たま》らなくなる。傍にいたのに、何で止めなかったのか……そのことを思うと、自分が死にたくなった……止めようと思えば止められたのにと思う……。だから、自殺なんかじゃないんです、むしろ私から見たら他殺かな」

「他殺?」

「そう。だって、それまで飲んだことがないと言う津田さんに、無理矢理酒を飲ませた奴がいたわけですから」

「それは、どなたなんですか?」

「篠山ですよ、『スター誕生』の監督をしていた篠山亮介。篠山監督が、無理矢理、津田倫子に酒を飲ませた……」

「篠山監督……」

「そう。篠山監督が酒を飲ませなかったら、あんな事故は起こらなかった。急性のアルコール中毒。たぶん、津田さんは、自分が何をしているかも分からない状態で海に入ったんでしょう。だから、私から見たら、自殺どころか他殺なんですよ」

6

あの日のことですが、初号の完成試写に行ったのは、会社からは私と岩佐専務だけです。ええ、場所はシネ東、藤沢撮影所の中の試写室でした。試写が終わって、そう、あなたが言われたように鎌倉の割烹旅館で、まあ完成祝いみたいなことをやったんです。主立《おもだ》ったスタッフや出演者、ええ、女優さんも一人か二人いましたかね。名目は完成祝いなんですが、中身は、そうですねぇ、津田さんのお疲れさん会みたいな感じになっていましたよ。ラッシュの時にもびっくりしたんですが、音も入った完成品を観て、本当に凄い女優さんが誕生したって、みんな驚いていた。

最初は和気藹々《わきあいあい》でいい感じだった。津田さんも嬉しそうでしたね。やっと難役をやり遂げて、ほっとしていたんでしょう。おかしくなったのは、途中からでした。場の空気がだんだん変わって行ったんです。変えたのは監督の篠山さんだった。私はよく知らなかったんですがね、元々篠山監督はあまり酒癖が良くなかったんだそうです。これは後になって聞いた話で、もちろん私はそんなことは知らなかった。『スター誕生』以前は現場に行ったことはなかったですし、篠山監督と一緒に飲んだこともなかったんですよ。

それで、話を元に戻しますと、篠山監督の飲み方がおかしくなった。まあ、それだけなら良かったんですがね、監督がだんだん津田さんに絡み始めたんです。

「酒も煙草も吸えないで、おまえ、一人前の役者になれるのか」

って、そんな感じでね。まあ、これも後になって考えれば、監督が悪酔いして荒れる気持ちも分からなくはないんですがね。その理由ですか？　それはね、あなたがご存じかどうか知りませんが、そもそも津田倫子という娘さんを発掘してきたのが篠山監督だったということですよ。それなのに、津田さんは上野社長や岩佐専務に恩人のように懐《なつ》いている……もう上野事務所に籍も置いていましたから。本来なら、篠山監督に寄り添っていてもいいはずなのに、津田さんが尊敬する相手は監督ではなくて、上野社長だったんです。

ですからね、篠山監督が内心、それが気に入らなくても仕方がなかった。それに、監督はちょっとサディスティックなところがありましてね。撮影でも、大して意味もないのに

津田さんの芝居を何度も撮り直しをさせたりして、まあ、そこにいたスタッフの人たちも、

「また始まったか」

みたいな感じになっていた。それで、酒を飲め、飲んでみろ、って言い出したんです。津田さんは、そう、「けいこ」という銀座のクラブで母親の従妹《いとこ》にあたる人を手伝っていたそうですがね、酒は飲んだことがなかった。それは間違いないんです。あの完成試写の夜まで、そう、私の知る限り一度も酒を口にしたことがなかったし、本人も、私はお酒も煙草も駄目、って言ってましたからね。その時はまだ監督を止める人はいなかった。

南さんはご存じでしょうが、日本の映画の撮影現場では、監督は天皇ですから、その監督に文句を言える人はそうはいません。まあ、その時に上野社長でもいてくれたらまったく違ったことになっていたでしょうがね。上野社長に何か言える人なんて、監督だけでじゃなくて、誰もいませんから。だが、その時、会社の人間でいたのは私と岩佐専務だけでした。岩佐専務だって監督には遠慮がある。撮影所でなくて、会社であれば岩佐専務が篠山監督に説教くらいしたでしょうが、現場のスタッフたちのいる前でそんなことはできはしませんよ。岩佐専務としては、篠山監督の立場も考えなくてはならないのですからね。

先を続けますよ。酒くらい飲めんで女優が務まるか、というような強要があって、津田さんは言われるままに飲めない酒を素直に飲んでいましたよ。可哀想で、遠くの席からで

したが、ずっと津田さんの様子を見ていて、私はもう我慢ができなくなって立ち上がろうとしたんです。

その時、岩佐専務の顔を見たら、小さく首を振られた……。よせ、という意味ですね。

仕方なく、私はまた大人しく腰を下ろした……。強要はずっと続いていましたよ。煙草を吸ってみろ、とか、一気飲みをやってみろ、とか。和気藹々と料理やお酒を楽しんでいたスタッフや俳優さんもだんだん白けてしまって、とうとう一番年長の山本一夫さんが監督に、

「篠ちゃん、もうそのくらいでやめとけ」

と言ってくれたんです。さすがに大スターの山本さんには監督も逆《さか》らえませんから、今度は助監督に、俺の酒が飲めんか、みたいなことをやり始めた。

ええ、津田さんはもう朦朧《もうろう》としていましたね。それでスクリプターだった女性が、どなたか忘れましたが、とにかくその女の人と仲居さんに助けられるようにしてトイレに行った……気分が悪くなって吐いていたんですよ。私も助けに行こうと思いましたが、それは津田さんが嫌がると思った。若い娘さんですからね、吐いているような醜態《しゆうたい》を見られたくはないだろうと、そう思った。これも、後になって考えると失敗だったのかなぁ、と思わないではなかった。というのは、ただ吐いていただけでなくて、その後にまた別の事件が起こっていたんです。津田さんがトイレに吐きに行って、まず一緒に付いて行った女の

人だけが座敷に戻って来たんですね。それは、津田さんがちょっと吐いておさまるような状態ではなかったからだと思いますよ。そんなに簡単に酔いが醒《さ》める酒の量ではなかったですからね。

それで、その女の人はトイレに津田さんを残したまま、いったん座敷に戻って来たんだと思います。それからですが……私は監督の篠山さんがいつ席を立ったのか気が付かなかった。だいぶ経ってから、監督が自分の席にいないことに気が付いた。ずっと津田さんの様子を気にかけていたはずなのに、私も何だか面白くなくなって、やけ酒みたいな感じで酒を呷《あお》っていたんでしょうかねぇ。要するに、いつの間にか津田さんと篠山監督の二人が席を外していたんです。最初にそのことに気付いたのは岩佐専務でした。私を含めて、誰もそんなことは気付かずに、またわいわいやっていたわけです。

岩佐専務が席を立つのを見て、やっと私も気が付いた。最初は便所かな、と思った。私もトイレに行きたくなっていたんですが、何でですかねぇ、岩佐専務の顔を見て、違う、と思った。専務はもの凄く酒が強い人で、いくら飲んでも顔が赤くなんかならない、むしろ青くなられるほうなんですが、凄く緊張した顔に見えた……。それで、私も後を追うように立ち上がった。岩佐専務はまっすぐ女子トイレに行って、中にいる津田さんに、大丈夫か、というような声を掛けていました。私も専務に追いついて、

「大丈夫ですかね？」

みたいな間の抜けたことを訊いたんじゃなかったですかね。専務は女子トイレの引き戸を開けました。中に、津田さんはいなかった。ええ、誰もいなかったんです。岩佐専務は顔色を変えて玄関に向かって早足で廊下を進んだ。私も後に続きました。宴会はその割烹旅館の一番奥にある大広間でやっていましたから、玄関まで結構距離があるんです。でも、歩き出してすぐ専務が立ち止まって、そこにある小座敷の襖《ふすま》を開けた……驚いたことに、そこに二人がいたんですよ。

そうです、津田さんと篠山監督が……。篠山監督は津田さんを押さえ込むようにして馬乗りになっていた……。私は、呆気《あつけ》に取られたと言うか、呆然として固まったままでした。でも、岩佐専務は違った……専務は物も言わず監督の背広の襟《えり》を摑《つか》んで引きずり上げると、もの凄いパンチで監督を殴りつけた……。監督は床《とこ》の間まで吹っ飛びましたよ。岩佐専務は、南さんもご存じの通り巨漢ですからね、そんな専務に殴られたら誰だって気絶してしまう。ぐったりしている津田さんを専務は赤ん坊を抱えるように抱き上げると、

「俺は、このまま帰る。このことは誰にも話すな。後はおまえが上手くやれ」

そう私に言い残すと、津田さんを抱いたまま足早に座敷を出て玄関に向かいました。

ここまでが、あの日、鎌倉の割烹旅館で起こった出来事です。

それから後、何があったか、正直に言いますと、私は知らないんですよ。だが、想像はつくんです。意識の朦朧とした津田さんを抱えて、専務は下北沢の社長宅ではなくて、も

う一軒のほうの富岡に向かった。下北沢よりも富岡のほうが鎌倉から近いし、富岡の家におられる社長に事態の収拾の方法について相談もしたかったんじゃないですかね。それでは、どうして津田さんが海に入ったか……その現場にいなかったですから、これも想像ですが、そう、宴席で酒を無理強《じ》いされる前に、津田さんは、こう言っていたんですよ。海が見たい、って。

いや、東京は知りませんが、鎌倉には雨なんか降っていなかったですね。で、津田さんは、夜の海が見たいって、月明かりの下の海が見たいって、何度もそんなことを周りの人たちに話していたんです。ですから、富岡に着いて、それで一人で海まで歩いて行った……。

岩佐専務は富岡では上野社長に会っていないと、そう聞いておられるんですね？　それは、津田さんが社長には何も話さないで欲しいって頼んだんじゃないんですかね。あんなことをされても津田さんとしては、自分のことよりも、篠山監督のことを心配されたんじゃないでしょうか。監督の立場もなくなってしまいますから、事が大きくなれば。だから専務も、富岡の家の入り口で津田さんを降ろしてそのまま東京に帰った。私はそう聞いていましたよ、専務から。俺があの晩、倫子を連れて社長に事件を報告していればって、専務はそう言って悔やんでいました。

ですから、津田さんは、自殺なんかしていません。なぜなら、津田さんはあの晩、篠山監督にレイプされたわけではないからです。そう、未遂。そうなる前に専務が見つけた。もしレイプされてしまっていたら、それは自殺ってこともあるのかもしれませんがね。

　津田さんと上野社長の関係ですか？　どういう意味ですか？　いや、それはないでしょう。恋愛関係なんかなかったですよ。第一、歳も違うし。そりゃあ社長は津田さんを大事にしていましたよ。ですが、それは娘のような感じじゃなかったかなぁ。津田さんが、誰かを好きになっていたというのは……うん、確かにそんな感じはありましたね。でも、悔しいことに、それは私ではありません。いや、助監督だった三島さんでもないですね。夢中になったのは三島さんのほうで、津田さんは困った、困ったと言っていたし。

　そうですね、強いて言えば……専務かなぁ。専務を好きになるというのは、あったかもしれないですね。あの晩も、危ういところを専務に助けてもらったわけですから。でも、その前からということですよね、あなたが言っているのは。その後ならつじつまが合いますが、もっと前からというと、分からないなぁ。私が気が付かないだけで、誰かいたのか……。

　ただ、上野社長ではありませんよ。上野社長は津田さんのお母さん、津田貴美子さんとならそんな関係があったかもしれないですがね。どうしてそう思うか、それは社長が亡くなられた後で、遺産のほとんどを津田貴美子さんに遺していたからですよ。そのことは知らなかった？　そう、会社の株の五割を津田貴美子さん、残りを岩佐専務に遺された。それだけでなくて、多摩にあった土地なんかも津田貴美子さんに遺されたんじゃなかったかなぁ。鎌倉の事件の後で、あっという間に亡くなられてしまったので結局そうはならなかったですが、もしご病気にならなかったら津田貴美子さんと結婚されていたと、私たちはそう思っていましたが……。

津田倫子さんと上野社長が恋愛関係にあったとは、ちょっと信じられませんね。社長が癌だと知って……津田さんが入水自殺をしてしまった……それは、ないと思いますね。看護師志望だったあの津田さんなら、懸命に社長の看病をします。そういう人ですよ、津田さんは。そんなことで自殺なんかするわけがない。

いや、社長が、上野社長が癌だなんて、亡くなる間際《まぎわ》まで知りませんでしたよ。例の『おけい』という企画のことでアメリカに行く予定でしたしね。これも津田さんの急逝で夢と消えてしまいましたが……何もかも信じられないようなことが、本当に短い間にたて続けに起こった……。こうして、昔話をしてきましたが、そうだ、私は津田さんのお墓がどこにあるのかも知らない……。リンコ病の重症患者だったくせに、いい加減なものですね。

7

杉田あやが入所している老人ホームはＪＲの逗子駅からバスで二十分ほどの山の上にあった。周囲は樹木の多い小さな山が連なり、空気がいい。「憩《いこ》いの家　桜の里」と書かれた門を入ると車が六、七台駐車できるスペースがあり、二階建ての白い建物が一段高い所に周囲を見下ろすように建っている。

玄関先で車を停めると、ハンドルを握ったまま、比奈子をここまで送ってくれた女性がちょっと笑って言った。

「ここでいいですかねぇ。中まで案内したいんだけど……あの人の機嫌が悪くなっても困るし……」

彼女は望月貴子《もちづきたかこ》――杉田あやの一人娘だ。姓が違うのは結婚したからだろう。逗子で美容院をやっていて、比奈子を逗子駅からこのホームまで車で送ってくれたのだが、自分は母親に会わないほうがいいと思っているらしい。

「ここで結構です。お手数をかけてすみませんでした」

「話はしてありますから。あなたなら、たぶん大丈夫。喜んで昔話をすると思いますよ」

「ときどきご機嫌が悪くなるのですか？」

「いいえ、お客さんは好きなんですよ。ただ、私の顔を見るとね」

と望月貴子は苦笑する。実の母親を老人ホームになんか入れるのか、と怒って口もきかなくなったと言うから、今もまだ娘との仲は良くないのだろう。

「迎えに来ますけど、何時頃がいいかしらね」

「いいえ、大丈夫です。どのくらい時間がかかるか分かりませんし、帰りは一人で帰れます。バスがあるとおっしゃいましたね？」

「ええ、下の道まで下りれば、逗子行きのバスがあります。今の時間だと二十分おきくらいかしら」

望月貴子とはそこで別れた。坂道を下りていく軽自動車を見送り、比奈子は施設の建物に向き直った。面会の時刻は昼食が済んだ午後二時で、アポイントは広栄出版編集部員の中田史子が杉田あやに直接取ってくれている。

受付に来意を告げ、しばらく待つと、職員に付き添われた杉田あやが車椅子で現れた。すでに九十を過ぎた年齢だが、金髪に近い白い髪、濃い化粧は、普通の老人とは風情《ふぜい》が違った。水商売の女性には見えないが、どこか派手なのである。

「たまげた！」

これが杉田あやの、比奈子に対する第一声だった。比奈子は面食らったが、一応名刺を手渡し、挨拶《あいさつ》した。

「南比奈子です。今日は、お会いできてありがたく思っております」

「お疲れ様です」

という返事は職員からで、杉田あやはただ比奈子を見つめるだけだった。

職員に勧められて休憩室に向かった。この休憩室は面会者との面談だけでなく、入所者たちの歓談の場にもなっているらしく、何組かの入所者が話している。話し声は小さく、取材の邪魔にはならない。手にして来た本郷の老舗《しにせ》で買った和菓子の箱詰めを差し出し、車椅子に向かい合って腰を下ろすと、比奈子を、まだまじまじと見つめたまま、やっと杉田あやが口を開いた。

「驚いたわねぇ、ほんと、お化けかと思った……！」

「お化け、ですか？」

比奈子は笑って訊き返した。

「そう。あんた、本当に似てる、倫子にさぁ！」

「私が、ですか？」

まただ。あの町田節子も同じことを言っていたのだ。写真だけしか知らないが、比奈子は自分があの津田倫子に似ているとは思っていない。それでも複数の人たちがそう言うのだから、どこか雰囲気は似ているのだろう。

「うん、そう。世の中には、自分に似ている人が三人いるって言われるけど、ほんとよね、あんた、どこかさぁ、倫子に似てるの。倫子が化けて出て来たのかって、そう思っちゃったわよ」

苦笑して比奈子は言った。

「今日は、その津田倫子さんについて、いろいろお話を伺いたいと思って参りました」

比奈子の言葉など聞いてなかったように杉田あやが言った。

「あんたさ、男、いる？」

「え？」

「結婚してるのか、ってこと」

「いえ、独り身ですが」

「やっぱりね、そうだと思った」

そう言われると、おかしなことに、思わず訊き返してしまった。

「どうして分かるんですか？」

ここでも相手は比奈子の言葉など聞いてはいなかった。

「何とかならないの、その髪」

「髪、ですか……」

「そう、あんまり酷いから。それにお化粧も」

化粧、と言われても、比奈子はそもそも大して化粧はしていない。口紅もつけず、使っているのはリップクリームだけである。

「あんた、お幾つ？」

「歳ですか……もう四十ですけど」

「だったらさ、なおのこと何とかしないと。そんな格好じゃ男ができるわけないじゃない」

「でも、別に、男がいなくても……」

　のっけから容姿のことを言われ続け、比奈子は圧倒された。

「もったいない。あたしみたいなおかめなら仕方ないけど、あんたならどんな男だって捕まえられるのにさぁ」

「はぁ……」

「まあ、おかしな男ならいないほうがいいのかもしれないけどね」

　と杉田あやは二、三本抜けた前歯をむき出しにして、アハハと笑った。

「そうだ……あそこにお茶の道具があるから、あんた淹《い》れて来て。あたしの分もね」

　休憩室の窓の傍には茶器のセットが置かれ、魔法瓶に湯が用意されていた。杉田あやに言われた通り、比奈子はそこでティーバッグのお茶を二人分用意して席に戻った。

「悪いわね、働かせて」

　と杉田あやは美味しそうにそのお茶を飲んだ。

「失礼ですが、杉田さんは……ご結婚はされたのですよね？」

ほとんど味のないお茶を一口飲み、比奈子は尋ねた。娘と老人ホームに、入る入らないで大喧嘩《おおげんか》をしたというのだから、結婚はしたはずだ。予想に反して杉田あやは、

「ううん」

と答えた。

「子供は産んでみたけど、結婚はしてないわよ。ろくな男、いなかったしね」

「そうなのですか」

「産んだ娘も種が悪いからろくなもんじゃなかったしさ。ああ、そうだ、あんたさ、グンのことで来たのよね？」

「グン？　ああ、岩佐先生のことですね」

「そうそう。できればグンの子供を産みたかったわよ。そのグンだけど、危ないんだって？」

やっと本題に入れると、比奈子は岩佐の状態を説明した。

「歳だもんねぇ、仕方ないか。あんたさ、年取ったグンしか知らないんだろうけど、あいつは、そりゃあ格好良かったんだから。佐田啓二《さだけいじ》や池部良《いけべりよう》なんかといい勝負。でっかくて、男の匂いがぷんぷんしてて、グンの子供なら何人でも産みたかったわねぇ、ほんと」

「モテたのですね、岩佐先生」

苦笑して言った。

「モテた、モテた。グンにかかったら、みんな、陥落よ」

「でも……津田倫子さんは、そうではなかった……そう、皆さんから伺いましたが」

「皆って、誰さ？」

「ご存じかどうか分かりませんが、青野悦子さん、いえ、当時は岡田悦子さん……それに、春山りえだった町田節子さん……」

「ああ、あの人たち。春山のりえちゃんが、そう言ったの？　うん、確かに、そう。倫子は違う。だって、それは仕方ないわよ、好きな相手が他にいたんだもの。凄い大物がさ」

「じゃあ、津田倫子さんが、上野先生に特別な感情を抱いていたということもご存じだったのですね？」

「そりゃあ知ってたわよ。倫子のことなら私が一番知ってたんだから」

「それは、津田倫子さんから直接聞いたのでしょうか？」

「そう、たぶん、そうだったんじゃないかな。昔のことだからよく覚えてないけど、早くからそのことは知ってたわね。あの子から、上野先生のことをさ、そりゃあ沢山聞かされたもの」

「それでは……岩佐先生が津田倫子さんに惹かれていたということも、ご存じでしたか？」

「ううん、それは知らなかった。知ったのはずっと後になってからね」

「でも、津田倫子さんは……岩佐先生には関心がなかった……？」

「そりゃあ駄目よ、相手が上野重蔵だもの。いくらグンだって、上野先生が相手じゃ勝ち目はないもんね」

「それほど上野先生は……」

「上野先生は別格。だって、男だって惚《ほ》れちゃうような人だもの。あの倫子がおかしくなっても、その相手が上野重蔵なら、それもありかなって、みんな、納得しちゃうんじゃないかな」

「では、津田倫子さんと上野先生の関係を知ったのは、どの時点なのでしょうか？　早い時期から気が付いていたのでしょうか？」

「そうねぇ、かなり早かったんじゃないかしらね。倫子は何でも隠さずに話していたから、あたしの所に来れば、上野先生のことばかり話していたわよ。そう、若い子が映画スターに夢中になるような感じかなぁ。最初の頃は、ただ憧《あこが》れているみたいな感じだったんだけど、途中から段々変わってきてね……あ、これは本物だ、って驚いたんだから」

「どう変わったのですか？」

「そうねぇ、はしゃいだ感じがなくなって……要するに、恋する女よ。そのうちに、結婚するんだって言い出した……真面目な顔でね。もう倫子には、ある時から上野先生しか頭になくなってしまったのよね。それまでと違って、もうスターになることなんかどうでもよくなった……皮肉なことに、母親と同じ道に向かって行ったのよ」

「お母様……」

「倫子のお母さんのことは知っているでしょう？　津田貴美子、一時、かなり売れた美人スターよ。あの人もさ、男ができてスターの座を捨てちゃったんだけど、娘の倫子も母親と同じで男に目が眩《くら》んだ……まあ、男と言っても倫子の場合は超大物だったわけだけど」

「上野先生のほうはどうだったのでしょうか？　上野先生が津田倫子さんに惹かれていたことはご存じなかったのですよね？」

「そう、その頃は知らなかったわね。もちろん後になって知ったんだけどね。びっくりはしたけど、それほどではなかった。だって、倫子も普通の女の子じゃなかったから。女のあたしでも、おかしくなりそうなくらい可愛《かわい》い子だったもんね。誰が惚れてもおかしくないのよ。その倫子が惚れた相手が上野先生だって知って、あたしは上野重蔵って人を憎んだわよ。そう、先生の毒牙にかかったって、そう思った。なんたって、上野先生に夢中になった女はごまんといたしね。でも、その後にいろんなことをグンから教えられて、違うんだって分かった。最後は、あんな結末になっちゃったけど、人を好きになるって、こういうことなのかって、教えられた気になった。あたしもいろんな男に惚れたけどさ、皆ろくでもない男ばっかしで、その分こっちの傷も大したことなかったわけだけど……そうねえ、相手が本当に素敵な男だったら受ける傷もさぁ、それだけ深くなって、軽傷では済まなくなるわけでしょう？　時には死ぬほどの深手になっちゃう。倫子もそれで死ぬことになった……。色恋って、幸も不幸も隣り合わせだからね、恋愛なんかしないほうがいいんだろうけど、人間に男と女がいるかぎり、仕方ないわよねぇ。あら、そうか、男と女とは限らないいか。最近はいろんなかたちがあるもんねぇ」

とまた抜けた前歯を見せて杉田あやは笑った。

「今、津田倫子さんが亡くなられたお話が出てきましたけど、亡くなられた夜のこともご存じですか。青野さんから、いえ、岡田悦子さんや木下信二さんからも、その夜のことを教えてはいただいたのですが、まだ分からないこともありまして」

「いいわよ、どうせそのことを訊きに来たんでしょ？」

「聞かせていただければ助かります」

「そうは言ってもねぇ、ずいぶん昔の話だからねぇ……」

と思案顔になり、

「あんた、何があったかはもう知っているのよね、あの晩のことだけど」

「はい。上野先生が、津田倫子さんの失踪《しっそう》を知って、富岡から下北沢に戻られたということですが……その後、岩佐先生と一緒に銀座の『けいこ』に行かれたという風に伺っています」

「待ってよ、思い出すから……電話で出版社の人に言われたから、ずっとそのことを考えてたんだけどさ……そう、あの晩、上野先生とグンは銀座に行ったのよね。あたしは、最初は上野先生から電話を貰ったわけ。理由はなんにも言わなくて、ただあんたの所に倫子が行ってないか、というような電話。もちろんあたしは、倫子は来ていませんよ、って答えた。あたしはその日、試写は観たけど、宴会には行ってなかったから、そこで一体、何が起こったのかも知らなかったのよ。ただ、様子が尋常じゃなかったからね、それであたしも心配になって上野先生の下北沢のお屋敷に電話したのよね。それは貴美子、津田貴美子がお屋敷にいると思ったから、彼女に何があったのか、訊こうと思ったわけ」

「津田貴美子さんのこともよくご存じだったのですか?」

「ご存じも何も、そもそも倫子と仲良くなったのは、あたしと貴美子さんが親友だったからなんだもの」

「お母様のほうと、知り合いだった……?」

「そうそう。津田貴美子がスターとして売り出していた頃、あたしは結髪に入ったばっかりで、あの人のメーキャップなんかを手伝っていたのよ。親友って言っても、あたしの姉貴分かなぁ。向こうはもうスターだったのにね、新米のあたしを可愛がってくれてね。言ってみれば、当時のあたしの庇護者《ひごしゃ》よ。随分、貴美子には助けてもらった……だから、そんな縁もあって、倫子はシネ東での撮影時にあたしの所にやって来たのよ。まあ、現場での親代わりよね、あたしと津田倫子はそんな関係だったわけ」

「その晩のことですが……津田倫子さんからは連絡はなかったのですか？」

「ないない。倫子からは、最後まで連絡はなかった。代わりに母親の貴美子とは話をしたわよ。それで後になって詳しい事情が分かったのよ」

「津田貴美子さんは……下北沢のお屋敷にいたのですか？」

「ううん、いなかった。下北沢に電話して、あそこの女中さんの絹さんという人にね、富岡の電話番号を聞いたわけ。貴美子が富岡に行っているって、そこで初めて知ったの」

「絹さんは、富岡で上野先生に付き添われていたんじゃないのですか？」

「あたしも最初そう思ったから下北沢に電話を掛けたんだけど、違ったの。上野先生に付き添っていたのは貴美子だったの」

「それで……詳しい事情が初めて分かったのですね？」

「ううん、そうじゃないの。貴美子と電話で話しても、何が何だか分からなかった……貴美子も、何が起こったのか分からなかったのよ。鎌倉で宴会をしていることは知っていたらしいけどね、倫子は下北沢のお屋敷に帰ったものだと、母親の貴美子はそう思っていたみたいなの。だから、その時点ではね、貴美子も一体何が起こっているのか知らなかった……それで、あたしは富岡に行くことにしたの」

「富岡に？」

「そう。だって、その時の貴美子は普通じゃなかったからね。あたしは倫子のことよりもむしろ貴美子の方を心配したのよ。話すことも何だか滅茶苦茶《めちゃくちゃ》だったし、あの人らしくなくて泣いたりするしさ、これは普通じゃないと、そう思った」

「富岡のお宅には、前にも行かれたことがあったのですか?」

「ないない。その晩が初めて。だから、タクシー拾って行ったんだけど、分からなくてね、向こうに着くまで随分苦労した。海はすぐ傍なんだけど、その家って、路地を入ったところにあってね、分かりにくいのよ」

「その富岡のお宅には、津田貴美子さんだけで、倫子さんはいなかったんですね?」

「そう、いなかった。貴美子だけがぽつんと一人でいた……最初は……あたしが来たことも分からないくらいボーッとしていた……」

「津田貴美子さんも倫子さんの行方はご存じなかった……?」

「ええ、知らなかったの、何も。鎌倉の宴会で、倫子に何があったのかも知らないで……」

「それで……どうされたのでしょうか?」

「あたしは……貴美子から事情を聞いたの。でもね、その時だけど、貴美子も大したことを知っているわけじゃなかった。ただ、とんでもないことを聞いたの……信じられないことだったのよ、本当に……」

「一体、何をお聞きになったのですか？」

答える前に杉田あやは突然泣き出した。周囲にいた入所者たちがびっくりしてそんな杉田あやを見つめた。離れた所にいた職員も飛んできた。

「ごめんなさい、大丈夫、昔話をしてたら、昔のこと、思い出しちゃって……何でもないから、もう大丈夫」

比奈子は急いでバッグからハンカチを取り出して杉田あやに渡した。

「ありがと。もう大丈夫だから」

と杉田あやは職員に礼を言い、比奈子の手渡したハンカチで涙と洟《はな》を拭《ふ》いた。

「……あんた、知らないだろうけど、みんな良い人でね……みんなの顔が頭に浮かんで……」

もうこれ以上訊くのは無理だろうと、比奈子は言った。

「今日はもうこの辺で……本当にありがとうございました」

腰を浮かす比奈子の手を取るようにして杉田あやが言った。

「大丈夫よ、急がなくても。せっかく昔の話を聞きたくて来たんでしょう、だったらもう少しいて。その代わり、あたしの部屋に行こう、そのほうがゆっくり話ができるから」

杉田あやはまだ傍にいた職員に自室へ行くからと告げ、

「さあ、付いて来て」

と自ら車椅子を動かし始めた。

杉田あやの個室はエレベーターを使って上がる二階の外れにあった。六畳ほどの個室で、窓際にベッド、冷蔵庫、小型テレビなどが配置されている。ちょっと異様なのは、場違いに大きな三面鏡が部屋のかなりの部分を占めていることだった。その三面鏡の横に立てかけてある折り畳み椅子を指さして杉田あやが言った。

「さあ、座って。ここなら人の目を気にしないでゆっくり話ができるから。何か飲みたかったら、そこの冷蔵庫の中にウーロン茶があるから勝手に飲んで」

「ありがとうございます。今は、結構です」

と答えて、比奈子は杉田あやの様子を窺《うかが》った。先刻の様子ではもうこれ以上話を訊くのは難しいと思ったが、今の杉田あやは最初に会った時と同じような朗らかな顔に戻っていた。

「さあ、訊きたいことがあったら何でも訊いて。ここならさ、人に聞かれる心配もないしさ」

それでもまた泣き出されたら困ると思いながら、比奈子は訊いた。

「それでは……津田さんが亡くなられたことを知ったのは、いつだったんですか？」

「次の日の夕方かなぁ。あたしが倫子が死んだことを知らされたのは、もっと後だったかなぁ。翌日もあたしは仕事で撮影所にいたんだけど、その次の日の朝に、グンから電話で倫子が死んじゃったことを聞かされたのかしら。とにかくさ、あたしもね、もう気が抜けたようになって……仕事なんて手が付かなくなっちゃってね……」

「津田さんが亡くなられたのは、溺死《できし》だったと……」

「うん、そう。あの娘《こ》、泳げなかったからね」

「亡くなられたのは……富岡の海ですよね」

「そうだけど、倫子の亡骸《なきがら》が発見されたのは大磯《おおいそ》沖だったかなぁ。凄く遠い場所よ、富岡からは。潮流って言うのかしら、潮に流されて、漁船が遺体を発見したのよ。でも、遺体は綺麗だった。魚や鳥にやられたりしてなくて……あたしも見たの、お葬式の時に。お棺の中の死に顔だって、そりゃあ綺麗だった……」

「行方不明になった数日後のことですね」

「そうそう。だから大磯だったかの警察から連絡があったんだって、一日経ってグンが話してくれたの」

「事故ではなくて、入水自殺だったと青野悦子さんはおっしゃっていましたが」

否定するかと思ったが、杉田あやは違うとは言わなかった。

「そう。富岡のね、あそこの浜から海に入ったって……真っ暗な海に……寒かったと思う……たった一人で……なんで、あたしんとこに来なかったんだろうって、何年も何年もそのことばっかし考えた……」

「もし津田さんが杉田さんの所に来られていたら止められたと、そう思われますか？」

「さあねぇ、たぶん、駄目だったと思う」

「駄目でしたか」

「あの娘《こ》は……良い娘だったから……。倫子だけじゃなくてね、みんな、良い人だったから……だから、あんなことになっちゃった……善人ばっかし。上野先生も、グンも、貴美子も……みんな倫子のことを考えて、それでああなっちゃったんだもの、神も仏もあるものかって感じよね。それにね、あたしを含めてだけど、誰も、本当の倫子のことを知らなかったのね。それが、あんなことになった一番の原因」

「津田さんの……本当の津田倫子さんを、ということですか？」

「うん、そう。みんなね、外見で、倫子のことをもう一人前の大人だと、そう勘違いしてた。凄く綺麗で、もう大人の魅力一杯でね。でも、中身は違ったの。本当に、田舎（いなか）から出て来た純朴な女の子。まだ子供なのに、誰もそうは思わなかった……だからグンも誤解していたし、上野先生も倫子のことを理解していなかったのよね。だから、善《よ》かれと思って、あんなことをしたのよ。悪気なんてありゃしない。周りの人たちが、もっと性質《たち》が悪かったら、倫子は死んだりしなかったって、本当にそう思う。みんな、優しくて善い人ばかりだったから、倫子は死んだ」

「津田倫子さんの自殺の原因ですが……その原因をご存じでしたら、聞かせていただけますか？」

「いいわよ、話してあげる。細かい月日や時間は忘れてしまっているかもしれないけど、倫子が死んだ理由なら忘れちゃいないもの。倫子はね、見てはいけないものを見ちゃって、それで死んだの。何を見たのか、それを話してあげる……」

8

グンが何かをしたって、悦子が言っていたのね？　でも、あんた、グンが何をしたのか本人には聞いていない……そう、あれは確かにグンがやったのよ。でもね、やらせたのは上野先生。グンはさ、上野先生に言われたからやっただけ。もちろんそれが倫子のためだと、そう考えたからやったの。そうじゃなかったら、いくら上野先生に言われたからって、グンだって手を貸したりしなかったと思うわよ。いくら先生を尊敬しててもね。

それなのにやったのは、今言ったように、それが倫子のためだって、グンがそう思ったから。もっと言えばさ、そう思ったのはグンだけじゃないと思う。だって、みんな倫子が大スターになることを願っていたし、信じていたんだもの。だから、上野先生が考えたこともね、後になって考えれば、理解できないことでもないの。

今思えば、倫子が、もしみんなが考えていたように、もっと大人で図太い女だったら、結果はきっと違っていたんだと思う。上野先生が考えたように、倫子は凄いスターになっていたと、本当にそう思うの。それがみんな分かっていたから、上野先生もあんなことを考えたんだろうし、グンも手を貸した。それが結果的に間違っていたと思うんだけど、それほど、その頃の倫子はもう一人前の女に見えた……。そう、少女から、もう女に変わっているように、あの人たちには見えたということね。

違う、違う、グンはそんなことしないわよ。あの人、レイプなんてするような人じゃないわよ。それは誤解だって。グンがそんな下らない男だったら、あれだけ女が群がるはずないじゃない。もし悦子がそう考えていたんなら、それはとんでもない誤解よ。まあ、悦子は結局グンに捨てられたわけだから、そんな風に考えちゃうのかもしれないけど、それは間違い。そういうことじゃないの。グンがやったのはね、決められた時刻に、倫子を富岡に連れて行くということ、それだけ。ううん、違う、下北沢ではなくて、最初から富岡の家に倫子を連れて行くことになっていたのよ。酔っぱらったからではなくて、そう、最初からグンは上野先生とそう打ち合わせをしていたってこと。ええ、あたしは今でもそう思っているわよ。絶対に間違っていないって。

そこで、倫子が何を見たかよね？　あんたにはもう話したわよね、富岡の家には体の具合が悪い上野先生が、女中さんの絹さんと養生に行っていたって。でも、先生の付き添いで富岡に行っていたのは絹さんではなくて、倫子の母親の津田貴美子だった。そうよ、上野先生は絹さんじゃなくて、貴美子を連れて行ってたわけ。そこが鍵。

そこで、あの晩、グンに送られて倫子も富岡の家に行った。いずれ上野先生と結婚したらそこで暮らすことになると夢想していた富岡の家よ……広い庭の先はすぐ海……倫子にとっては夢の城……。倫子はね、手に胃薬を持っていた……グンが、上野先生にすぐ渡すように、って持たせていたらしいのね。もちろん倫子は上野先生が胃癌で余命幾ばくもない、なんてことは知らなかった。でも、お酒を飲めば胃の具合がいつも悪くなることは知っていたからね、富岡に着くと倫子はすぐ上野先生の寝室に薬を届けに行ったのね。ただ、その寝室に、母親の貴美子がいたの。分かった？　見てはいけないものを見たっていうのは、そういうこと。愛していた上野先生が、あろうことか自分の母親と寝ている所を見てしまった……。

ううん、貴美子から直接そのことを聞いたわけじゃない。その夜何があったのかを知ったのは、もっと後。グンと話したり、その後の貴美子の様子から、そう思ったわけ。ただの想像じゃないわよ。前後のことを考えたら、そうとしか思えないから。ええ、間違ってはいないはず。できるなら、グンに確かめたらいい。グンも今なら認めるはずだからね。

あたしが富岡にタクシーで駆《か》け付けた時のことね？　やっと富岡の家に着くと、そう、貴美子はただ呆然と居間のソファに座っていた。いったいどうしたのか、って訊いても、ぼーっとしているだけでね、話にもならなかった。仕方がないから、熱い紅茶を淹れて、その中に応接間にあったウイスキーをたらして貴美子に飲ませた。それで、あの人、ちょっと元気になったの……。そりゃあ、どこか変だって思ったわよ。だって、貴美子は長襦《ながじゅ》袢《ばん》姿で応接間のソファに座っていたんだもの。あんたには分からないだろうけど、貴美子って、そりゃあしっかりした人でね、滅多《めった》なことで取り乱すような人じゃなかったの。それに、人前で、長襦袢姿でいるなんて人じゃなかったからね、姿からして異様だった。いつだって化粧してたし、きちんと着物を着ていて、乱れた格好を人の目に晒《さら》す人じゃなかった……。

そう、ウイスキー入りの紅茶を飲ませて、やっと貴美子が話し始めた。貴美子がその時言ったのよ、倫子に見られた、って。何を見られたのか、って訊いたら、先生の手当てをしているところを見られたと言った。それで、倫子はとんでもない誤解をしたらしいって、そう貴美子はしどろもどろになって言ったの。あたしはね、すぐ嘘だと分かった。貴美子は、上野先生が胃痙攣《いけいれん》の発作を起こして、それで先生の寝室に行って介抱をしていたって言ったんだけど、嘘だと思ったのよ。だって、そうでしょ？　それじゃあ何で長襦袢なんて格好をしてるのかって。寝ているところを突然先生に呼ばれたのかもしれないって言うの？　確かにね、そうもとれるかもしれないけど……やっぱりそれはないわね、絶対に。だって、長襦袢姿っていうのはおかしいでしょう？　ただの寝間着じゃないんだから。倫子だって、ただ介抱している姿を見ただけでおかしな誤解をするはずがないもの。

だって、そもそもあの子は看護婦志望だったのよ。上野先生が苦しんでいたら、母親の貴美子に代わって介抱していたはずだもの。苦しんでいる人を介抱しているか、他のことをしているか、そんな誤解なんかするわけがないじゃない。母親の貴美子がしっかり者だったように、倫子もそりゃあ賢い娘《こ》だったんだから、何が起こっていたかをはっきり悟ったはず……生まれて初めて愛した男が……自分の夢の城で母親を抱いていた……。そうよ、上野先生は、貴美子を抱いていたのよ。だから、倫子が耐えきれなくなっても、あたしは無理ないと思った。あたしは上野先生が憎かったし、貴美子も憎かった……。そりゃあその後もずっと二人を憎んだわよ。倫子を殺したのはこの二人だと思っていたからね。幸せいっぱいの倫子を地獄に突き落としたのは上野先生と貴美子だってね。もう悔しくて悔しくてね。できるものなら殺してやりたいって、そう思った。

そうねぇ、それから何年も経ってからかなぁ、また仕事の関係でね、グンと会うようになった。ううん、グンとは別に気まずい関係じゃなかったの。倫子の事件でグンが一丁噛《か》んでいたなんてまだ知らなかったしね。あの夜のことをグンから聞いたのは、そう、ずっと後。『ゆれる乳房』の撮影の時からもっと後よ。あたしはね、グンは部外者だったんだと、そう思っていたの。なんであの晩の話になったのかしらねぇ、それは覚えていないんだけど、何かの拍子で倫子の話になった……。あたしね、確か、何で貴美子が上野先生に抱かれるような馬鹿な真似《まね》をしたのか、たしかそんなことを訊いたような気がするの。そうしたら、グンがいろんなことを話してくれたのね。一番最初に驚いたのは、そう、上野先生が癌で余命一ヵ月と宣告されていたということ。もちろん上野先生があの事件の後、倫子を追うように亡くなったことは知っていたわよ。でもね、倫子の事件が起こった時、そう、あの晩、上野先生が自分の寿命を知っていたということは知らなかった。そして、それを知っていたのはグンだけだったこともね。

倫子はむろんだけど、母親の貴美子も、上野先生が癌で一ヵ月ももたないなんて、知らなかったんだって。そう、もちろん会社の人も知らなかった……知らされていたのはグンだけ。何であの晩、そんな先生が倫子の母親を抱いていたのか？　ええ、訊いたわよ。でもね、そのことに対してグンは何も言わなくて、こう言ったの。俺たちは、倫子が一番幸せになることを考えたんだ、って。幸せになるって、どういうこと、と訊いたら、決まっているだろう、何が何でも倫子をスターにすることだよ、ってグンが言ったの。

その気持ちはあたしも分かった。上野事務所では倫子をスターにするために皆が一生懸命働いていたしね、『スター誕生』の現場のスタッフだって誰もがそれを楽しみにしていたんだもの。でも、グンはその時それしか話してくれなくてね。ただ、グンが上野先生と貴美子が関係を持つことを知っていて、娘の倫子を富岡の家に連れて行ったことだけは分かった。要するに、先生と倫子の関係を少しでも早く切ってしまおうと、先生とグンはあんなことを考えたんだと気が付いたの。

母親の貴美子が倫子と上野先生との関係を知らずにいたのかということ？　どうかなぁ、知っていたと、あたしは思ってる。知っていながら、上野先生に抱かれた……そんな馬鹿なって思うかもしれないけど、それもありかなと、あたしは思ったわ。だって、貴美子は娘の倫子をスターにすることが命だったんだから。自分は男で失敗したけど、娘の倫子は、どんなことをしてもスターにしてみせるって、そう思っていたはずよ。

だから、娘と上野先生の関係を絶つためなら何でもする覚悟だったとあたしは思うの。上野先生に抱かれるのも、そんな覚悟が貴美子にあったからだと思う。ただ、読み違えは、倫子の反応だったのね。倫子がそんなことで死ぬとは思っていなかった……そりゃあ凄くショックを受けるだろうけど、いずれは諦めると、そう考えていたんだと思う。上野先生やグンが考えていたようにね。それなのに、あんなことになってしまったのは、最初に言ったでしょう、倫子が皆が考えていたよりも純真で幼い娘だったたってこと。

グンが何かをしたって、そういうこと。上野先生に命じられたことを、グンは倫子の将来のためだと思って忠実に実行した……下北沢のお屋敷ではなく、母親の貴美子がいる富岡の家へ連れて行ったということね。上野先生も、グンも、貴美子も、誰一人、倫子がそのまま夜の海に向かって歩いて行くとは思わなかった。それが真相よ。だから言ったでしょ、あたしの想像が間違っているか、グンに訊いて。今なら、きっと話すと思う。あの富岡の家を、誰が『スター誕生』の初号のプリントと一緒に燃やしてしまったのかもね。

9

道路脇に停めた車を降りると、ポケットから煙草と携帯灰皿を出した後藤が、目の前に広がる海原《うなばら》を見て言った。

「やれやれだな。こんなに時間がかかるとは思わなかった」

後藤がそうぼやくのも無理はなかった。津田倫子が入水したという富岡の海を見つけるのに、現地に着いてから小一時間も走り廻《まわ》ったのだ。

上野重蔵の富岡の家が分かりにくい場所にあったということは、逗子の老人ホームで杉田あやから聞いていたが、別邸だった建物の位置はともかく、海を見つけるのに迷うとは考えてもいなかった。海くらいどこからでも見えるものと、そう思っていたのだ。

「富岡？　あの辺りは大規模な埋め立てをやったから、当時とはずいぶん変わってるぞ。比奈ちゃんが言うのは、昭和三十六年か七年頃の話だろう？」

と言ったのは死んだ松野健一の親友で、大手の不動産会社に勤める吉田直人だった。吉田なら逗子生まれだし、この辺りの事情に詳しいはずだからと事前に地理を尋ねた比奈子に、彼はそう答えた。確かにその通りで、ナビの案内では、上野重蔵の件《くだん》の別邸のあった場所は現在は住宅地の真ん中で、周辺に海などなかった。建物が津田倫子が死んですぐに焼失したことは分かっていたが、彼女が入水した海はそのままの姿であるものと比奈子は思っていたのだ。

やっとこの辺りだったのではないか、と思われる場所にたどり着いたが、それは別邸のあった位置からは何キロも離れていた。その周辺は海浜《かいひん》公園と大きな団地のエリアになっていて、ここも比奈子が考えていたような浜辺とはまったく違っていたのだ。しかも、何とか海原が眺められるのは今車を停めた道路からだけで、富岡からは五、六キロは離れている……。

「近くに神社があるって、杉田という人が教えてくれたんだろう？　だが……そんなもんもないね」

煙草に火を点けた後藤がのんびりした口調になって続けた。海が見えた感慨より、煙草をやっと吸えたのでほっとした表情だ。

三時間近くも喫煙を我慢していたのは、助手席に座る比奈子を気遣っていたためではない。後藤が運転する赤い可愛い小型車が、煙草を吸わない妻の車だったからだ。

「……鎌倉や江の島の海とはずいぶん違うのね」

比奈子も傍に立ち、広がる鉛色《なまりいろ》の海原を眺めて言った。

「富岡というところは、昔は小さな漁港があって、金沢八景みたいな観光名所でもないんだそうだ。葉山や鎌倉なんかと違って地味な土地柄だしなぁ。そうだ、ちょっと待ってろ、今、コーヒー持って来る」

　咥え煙草のまま後藤はそう言い、一人で路肩に停めた車に戻った。

　比奈子が後藤に、

「今度の日曜に、時間を作れないかしら？」

と連絡したのは三日前の木曜日だった。徹夜をしなければならないほど仕事が立て込み、やっと時間ができそうなのが日曜日だった。

「どうしたんだ、岩佐先生に何かあったか？」

と在社していた後藤が電話口で訊いてきたのに、

「そうじゃなくて、ちょっと行ってみたい所があるの」

「どこに行きたいんだ？」

「富岡」

と、比奈子は事情を説明した。

「見たいの、富岡の海を」

　比奈子はあの津田倫子が入水したはずの海をどうしても見たかった。彼女はどんな思いで海に入って行ったのだろうか……。比奈子の心の中には、そんな思いがずっと居座っている。これだけ取材をしてきても、実のところ、津田倫子の死の真相が分かったわけではないからだ。分かっているのは死んだ原因が海で溺れたことだけである。

なぜ、海になど入って行ったのだろうか。もしかしたら、同じ海を眺めれば、その何かが分かるのではないか……。理屈では意味のないことと分かってはいたが、どうしても同じ場所に立ってみたい……。比奈子はそんな思いに捉《とら》われていたのだ。

「そうか……海が見たいか」

意外なことに、

「分からんでもないな。俺も、ちょっと見てみたい気もする」

と後藤は言った。

「本当?」

「ああ。俺だってたまには海が見たくなる時がある」

電話口の後藤はそう言って笑い、日曜なら俺が連れて行く、と言ってくれたのだった。


後藤が魔法瓶を手に戻って来て言った。

「結構寒いだろ、コーヒー飲めよ、温まるから」

確かに海からの風はかなり冷たい。

「凄いね、わざわざ作ってくれたの?」

缶コーヒーかなんかを持って来るのだろうと考えていた比奈子は、ちょっと驚いて後藤の顔を見つめた。

「かみさんだ。俺が作ったわけじゃない」

ちょっと照れたように後藤は答えた。

海を見に行く、という夫のために温かいコーヒーを用意する後藤の妻……。妻のために三時間も喫煙を我慢する夫も微笑ましいが、そんな夫のために温かいコーヒーを用意する妻もまた、眩《まぶ》しい。もしも松野が生きていたら、私たちもこんなふうになれたのだろうか。

「予報と違って……結構風も強いな」

プラスチックのカップに魔法瓶からコーヒーを注ぎながら後藤が言った。その言葉の通り、風は強く、冷たい。眺めている海原には、やはり海で亡くなった松野のサーフィン仲間たちが「うさぎ」と呼ぶ白い波頭が無数に立っている。

「……美味しい……」

温かい液体が強《こわ》ばった体を柔らかくほぐしてくれる。

「……津田倫子のことだが……」

「ん？」

「で、比奈子は、どう思っているんだ？」

鉛色の海原を見つめたまま後藤は言った。

「どうって……彼女の自殺の原因?」

「ああ」

比奈子は三通りの推測を説明していた。青野悦子が考えている岩佐のレイプ説、杉田あやが話してくれた上野重蔵と倫子の実母である津田貴美子との関係を目撃したという衝撃説、そしてフェニックス・プロの会長である木下信二の、自殺を否定する、酒に酔ったためという事故説……。どの推測も、一応後藤には話している。

「……分からない……分かっているのは、津田倫子という女優さんがあの夜、この辺りの海に一人で入って行ったということだけ」

そう答えて、比奈子はまだ白い波頭が立つ海原を見渡した。色は鉛色で、明るくはない。津田倫子が砂浜を一人で海に向かって歩くイメージでは、彼女の姿は月明かりに浮かんでいるが、現実はまったく違う。第一、江の島や鎌倉のような砂浜はない。それに……あの夜は曇天《どんてん》で、月など出ていたはずがないのだ。彼女はどんな気持ちで闇の中を海に向かって歩いて行ったのだろうか。酒に酔ったための事故だと木下は言ったが、そんなはずはない気がする。暗闇の中で一人冷たい海に入って行くには、特別な強い意志が要る。

「比奈子は、やっぱり自殺だったと、そう思っているんだな?」

「そうね、事故だったとは思えないもの。やっぱり自殺だったんだと思う」

と、比奈子は答えた。

「後藤さんは、話を聞いてどう思ったの？」

「俺はな……」

　ちょっと考えてから後藤が言った。

「そんな面倒くさい話じゃなかったんじゃないかって、そんな気がする」

「どういうこと？」

「プロデューサーかなんかにレイプされたとか、恋人が自分の母親と寝てるところを見たとか。そんなことじゃなくて、実は好きな相手がじきに死ぬんだということを何かのきっかけで知って、あたしが先に逝《い》って待ってる……そんなことじゃなかったのかな」

「何かのきっかけで？」

「ああ。気がついたということさ」

　後藤らしい感想だった。海を見つめたままの結構端整な後藤の横顔を見て、この人はやっぱり優しい人なんだな、と思った。出版という職業につきながら、この人は他人の人生を掘り返す仕事を、もしかしたら嫌っているのかもしれない……。

「俺はその女優さんを知らないから何とも言えないんだけどな、そう考えてやったほうが彼女のためにいいんじゃないかと思う」

　比奈子は後藤の言う通りだと思った。他人の死をあれこれ探るような真似をする……自分は卑《いや》しいことをしているのかもしれない。ただ津田倫子という女性についてもっと知りたいと思って富岡まで来たのに……今は余計なことだったように思える……。やはり自分には取材などをする仕事は向いていないのかもしれない。

「そうね、後藤さんが言う通りね。そう思ったほうがいいのよね」

後藤が比奈子を見下ろして笑った。

「なんだよ、今日の比奈子はやけに素直だな。いつもなら、わーっと反撃してくるだろう」

「それは、時と場合による」

と比奈子は応じた。

「ほう、今日は先輩を立てているのか。それじゃあ、そろそろ戻るか……このまま鎌倉に行って飯でも食おう」

「鎌倉？　鎌倉で食事するの？」

「ああ。たまには旨いものを食わせてやる……それに……俺は、違った海が見たい」

「違った海って？」

「海が好き、って言えるような海だ」

思い出した。海が好き、とは津田倫子の台詞《せりふ》だ。

「比奈子も違った海を見てみろ」

後藤が言う意味が分からない。

「比奈子が見ている海は、いつも江の島の海だろう」

やっと意味が分かった。確かに比奈子がこれまで見て来たのは、あの松野健一が亡くなった江の島の海だ。

「同じ海でも、きっと違った海が見える」

「そうなの……？」

「今日は、そうだな……俺が上野重蔵の役をしてやる」

「鎌倉山に行くのね」

「ああ、そうだ」

鎌倉山から見える湘南の海はどんな色をしているのだろうか。

「ありがとう。でも、高いと思う、あそこのレストラン」

「別に経費で落とすわけじゃないから構わん。覚悟はしているよ」

と後藤は短くなった煙草を惜しそうに携帯灰皿にしまって言った。普通は逆だろう。それは、会社の経費で落とすから心配するな、と言うところなのではないか。そうでないところが、いかにも後藤らしい……。

後藤を見上げて思った。この人は別に海が見たくなって一緒に来たわけではないのだ。比奈子に一人で海を見せたくなかったのだろう。

もう一度、小声で、

「……ありがとう……」

と呟き、車に戻ろうと踵《きびす》を返したところでコートのポケットの携帯が鳴った。広栄出版の中田からかと思ったが、着信欄の名前はK大病院に詰めている町田節子だった。彼女からの電話なら、用件は一つしかない。それは岩佐の容態だ。

通話を切り、後藤に言った。

「鎌倉山には行けなくなった……悪いけど、東京に戻ってくれる?」

「どうした?」

「岩佐先生が……今、亡くなっちゃった……」

と、比奈子は答えた。

10

香の匂いが立ちこめる霊安室に安置された柩《ひつぎ》の傍に座っていたのは、町田節子一人だけだった。虚脱したようなぼんやりした顔は、泣いたためか瞼《まぶた》が腫《は》れている。たった一人、連日、岩佐先生に付き添ってきたのだ。さぞ疲れきっているのだろうと比奈子は思った。

「ご愁傷さまです。遅くなってしまって、すみません」

「忙しいのに……わざわざ来てくれてありがとうね」

と力のない声で言い、町田節子は微笑んだ。

柩が置かれた台には簡単な焼香台が置かれている。比奈子は焼香を済ませ合掌《がっしょう》すると、柩に眠る岩佐の顔を見た。穏やかな綺麗な顔だった。その表情からは苦しんだ様子は見えない。レスラーのようだった巨体が、今は縮んで、別人のように見える。

「……あんたが来てくれて、喜んでいるわよ……岩佐はあんたのことが好きだったからねえ」

と町田節子が言った。

「町田さんお一人にして、本当にすみません。先生のお顔、穏やかに見えますが……最後に苦しまれたのでしょうか？」

「ううん、全然。最後はモルヒネ使ったからね。だから、眠ったまま」

「町田さん、お一人で看取《みと》られたんですね……」

「そう、私だけ。前にも言ったけど、本当なら、十人か二十人くらい女たちが集まって来ててもいいんだけどね」

と町田節子はやっと笑顔になって言った。

「ご親族とは連絡がつかないんですね」

比奈子はもう一度柩を見つめて言った。

「連絡しようにも、誰も知らないのよ。どこかにお兄さんの家族がいるって聞いたけど。

でも、青野さんがもうすぐ来てくれる。ほら、あんた知ってるでしょう、岡田悦子さん。連絡してみたのよ、あの人の連絡先は分かってたから。そしたら、すぐ来るって」

「青野さん、いらっしゃるんですか、良かった」

「岩佐に酷い目に遭わされたんだから、断られるかと思ってたんだけどね、やっぱりあの人、いい人だった」

町田節子は嬉しそうに言った。

比奈子は吉祥寺の喫茶店で会った青野悦子の姿を思い出した。穏やかな笑顔を見せていたが、あの雨の夜の話をした時だけは、その温和な表情がわずかに崩れた。女の修羅《しゅら》の貌《かお》が見えた気がした。それだけ岩佐先生に対する想いが強かったのだろう。

「これからどうされるのですか？　今夜のことですが。ご遺体は下北沢のアパートに運ばれるんでしょうか？」

「それがねぇ、どうしようかと思ってるの。あそこに行っても、何だか可哀想な気がしてさ。いっそのこと私んとこに連れて行こうかなって、そう思ってるんだけどね」

「町田さんのお宅へですか？」

「うん。今は、私んとこは他に誰もいないしね。お通夜《つや》と言ったって、どうせお客さんは誰も来ないし……どっちみち今夜は私が付いていてやらなくちゃならないんだもの。あのアパートより私んとこのほうがいいような気がして」

「今夜は、私もいますよ」

「あなた、いてくれるの？」

「もちろんです」

と、比奈子は答えた。臨終に立ち会えなかったことが悔やまれた。

「嬉しいこと言ってくれるのね。忙しいんでしょうに……でも、そうしてくれたら岩佐が喜ぶ。私一人じゃあ、寂しいものね」

と町田節子は目頭《めがしら》にハンカチを当てた。そんな町田節子の表情に、比奈子も泣きそうになった。さして長くはなかったが、岩佐先生と共有した時間はとても濃密で、凄く長かった気がした。九十歳を超えていたのに、若者のように元気で力強い話し方、声が大きいのに入れ歯だったから滑舌《かつぜつ》が悪くて何を言ってるのか分からずにとても困った……「手籠《てご》めにされたらどうする？」と笑って脅した顔が目に浮かぶ。九十歳を過ぎたプレイボーイ……。比奈子もハンカチを取り出して溢《あふ》れ出す涙を拭《ぬぐ》った。こうして涙を流すのは、恋人だった松野健一が死んだ時と、郷里の佐渡で父親が死んだ時以来のことだった。

気持ちを落ち着けると、比奈子はもう一つ気になっていたことを訊いた。

「お墓はどこになるのでしょうか……先生がお生まれになったのは笹塚だと伺っていましたが」

「お墓ならもう決まっているの。奥多摩の立岩寺《りゆうがんじ》というお寺さん。上野先生のお墓もそこにあるのよ」

「上野先生の？」

「上野先生だけじゃなくて、津田さん親子のお墓もそこだって。私は行ったことないんだけどね、二人のお墓も上野先生のお墓と並んでいるんだって言ってた」

「そうなのですか」

「もうずっと前からあの人、お墓だけは用意していたのね。もっとも、岩佐のお墓は、上野先生とは離れた場所だって言っていたけど、墓地は同じお寺の中。あの人、どこまでも上野先生と一緒にいたかったのよね。上野先生、おまえ、いつまで俺にくっついて来るんだって、苦笑いしているかもしれない。最後だって、あの人敬礼してたんだもの」

「敬礼？」

「そう。ほら兵隊さんがやるでしょう、あの敬礼。いよいよ駄目だって人工呼吸器つけられた時にね、あの人敬礼したの。陸軍式の敬礼」

「陸軍式の敬礼ですか」

「そうよ。陸軍と海軍では敬礼の仕方が違うんだって、昔、あの人から教わったことがあるの。海軍の敬礼は縦で、陸軍の敬礼は気持ち水平なんだって。でね、その敬礼、あばよ、って私にしたのかと思ったんだけど、今になって考えると、もしかしたら朦朧として、上野先生にしていたんじゃないかって、そんな気がする。あの人は、本当に上野先生しか頭になかったから……死んだら、また上野先生に会えるって、そう思っていたんじゃないかなぁ」

そう言って微笑んだ町田節子が、思い出したような表情になった。

「そうだ……忘れてた……」

町田節子はそう言うと、傍にあったバッグから封筒を取り出した。

「あの人がね、あなたに渡せって。一週間前だったかなぁ、まだ元気だった時に書いた手紙」

「私にですか？」

「そうよ、あなたに、って。人工呼吸器つけられたら、もう話もできなくなるからって、急いで書いた手紙。俺が死んでから渡せよ、って……最後のラブレターかな」

と町田節子はまた泣き出しそうな顔になって言った。

「岩佐のやつ、字が上手くてね……字だけじゃなくて、文章も上手かった……口で口説くのも上手かったけど、手紙でコロッといく女もずいぶんいたんじゃないかしらね」

町田節子の、最後のラブレターという言葉に、比奈子は泣き笑いになった。できるなら、そんなタイトルの岩佐先生のためのエッセイを書きたい……。ちょっと考えてから言った。

「……今、ここで読んでもいいですか？」

町田節子が嬉しそうに言った。
「もちろんよ、あなたさえ良ければ」
比奈子は受け取った封書の封をその場で切った。一人で自分の部屋に帰って読むより、岩佐先生がまだ横たわっている場所で読みたかった。

拝啓。南比奈子様

という書き出しからして、何だか古めかしい。町田節子は岩佐先生が達筆だと言ったが、便箋《びんせん》に書かれた文字には力がなく、のたくったような字体で判読しにくいものだった。ベッドの上で、苦しむ最中に書かれたものなのだろうと比奈子は息をついた。

元気にしているか。売れっ子のライターだから、きっと忙しくしているのだろうな。本当なら顔を見て話をしたいが、おかしな機械なんかつけられちまうからたぶん話もできなくなるんだろう。だから、思いついてこんな手紙でも書く気になったが、それもしんどい。長い文は駄目だから、簡単に書くよ。こいつは礼状だ。あんたと話ができたことへの、形にはなっておらんが、礼状だよ。あんたはどう思っていたか知らんが、短い時間だったけれど、俺は楽しかった。本当に、楽しかった。あんたに会っているとな、何とも不思議なことに、五十年も六十年も時間が遡《さかのぼ》った気になってね、その間だけ若返った気分になったもんだ。表は干《ひ》からびた爺いに変わりはないのに、中身は二十歳《はたち》になったり四十になったり。あんたと話していると、本当にそんな気になった。ここにいてもさ、傍に節子がいるのに、あんたと、もっと話ができたらどんなにいいか、そんなことばかり考えていたよ。節子がそんなことを聞いたらもう面倒をみてくれなくなっちまうから、これは内緒だ。言うんじゃないよ。あいつは凄い焼き餅《もち》焼きだからな。

あんたが、悦子や杉田のおばちゃんたちに会ったっていうことは聞いたよ。二人から電話を貰ったんでね。悦子のことは知っていたが、杉田のおばちゃんが元気にしていることが分かって、俺も嬉しかったよ。そう、倫子の、あの晩のことを話したってことも聞いた。まあ、そのことなら気にしていない。俺が元気なら、もっと詳しい話をしてやれたのにって、そうも思っている。初めは倫子のことなんか話す気はなかったがね、不思議なことだが、あんたと話しているうちに、むしろ話したくなってきた。何でなのか、よく分からん。あんたが、ちょっとあの娘《こ》に似ていたからかな。そう、あんたは気が付いていないんだろうが、似ているんだ、どこかがね。それは杉田のおばちゃんも同じことを言っていたよ。

そんな倫子のことでね、悦子と杉田のおばちゃんの話だが、本当のことも間違っていることもあるんだ。あの二人が誤解していることもあるからね。倫子の名誉のために言っておきたくて、実はこの手紙を書いたのかもしれない。いや、上野少佐殿のことで誤解されたくなくてかもな。倫子のためで言えば、俺とあの子との間に悦子が疑《うたぐ》るようなことは何もなかった。俺にとって倫子は特別な子だったが、その特別というのは、悦子が考えていたような恋情なんかじゃなかった。そのことをあんたに伝えておきたくてな。

今では、きっとあんたも分かっていると思うが、俺の胸にあったのは、少佐殿だけだった。少佐殿のために何ができるか、それしか俺の胸にはなかったということだ。いいかね、ここだけはしっかり覚えておいてくれ。

少佐殿の死を知って俺ができることは、少佐殿の名を遺《のこ》すことだけだった。いや、少佐殿が製作した映画のことなんかじゃない。そんなものは俺が何かしなくても永遠に残る。いや、今になって思うと、これはあんたも言ってたように間違いだったらしいがね。名画は永遠に残るものだとあの頃はそう思っていたが、現状を見れば分かるように、保存なんか満足にされなかったんだからね。だが、当時の俺は何も知らない馬鹿だったから、将来も永遠に少佐殿の作った写真はみんなどこかで保存されるものだと、そう考えていたんだよ。そんな思いだったことをまず覚えておいて欲しい。

俺があの時、少佐殿のために遺すべきものは何かと考えた時に頭にあったのは、そう、津田倫子のことだった。いろいろ話してきたからあんたも分かっていると思うがね、津田倫子をスターに育てあげることが、少佐殿の、そして上野事務所に籍を置く連中の悲願とも言える夢だった。そして、津田倫子が日本の映画界に君臨する大女優になることを、俺を含めて社員全員、誰一人疑う者はいなかった。そんな津田倫子を作りだしたのは、実際は、監督の篠山ではなくて、製作者の上野重蔵だったんだからね。

あの『スター誕生』の初号の試写があった夜、その夜のことは、もうあんたも悦子や杉田のおばちゃんから聞いて知っていると思うが、俺は倫子を車に乗せて富岡の家に連れて行った。本当なら下北沢の屋敷に送り届けることになっていたんだが、そいつをやめて俺は倫子を富岡に送って行った。これは間違いがないんだ。何で俺がそんなことをしたのか、その理由が分からないと言うんだろう。悦子や杉田のおばちゃんが話したことは、それぞれみんな違うらしいから、あんたが訳が分からなくても、こいつは仕方がない。今、その理由を書くよ。

俺が倫子を、下北沢ではなくて、富岡に連れて行ったのはな、一言で言えば、少佐殿をたった一人で逝かせたくなかったからだ。これはあの晩の時点では、誰も知らなかったんだが、少佐殿はその翌日から秘密裏にK大病院に入院することになっていたんだ。もちろん、その事実を知っているのは俺だけで、この裏の事情を知っている奴は誰もいなかった。会社の連中にも、他の関係者にも、少佐殿は日米合作の交渉でハリウッドに行くと言っていたからな。そう、向こうのプロデューサーとアメリカで会うということになっていたんだ、表向きはね。

これが、どういうことか、もう分かるだろう？　倫子が少佐殿に会うことは二度とないということだ。会える機会は、あの晩しかもうなかったんだ。だから、俺はどうしても倫子を少佐殿に会わせたかった。まだ少佐殿が元気なうちに会わせたかった。ここで、俺はとんでもないミスを犯した。何も教えずに、ただ会わせるだけで良かったのに、俺は、倫子に少佐殿の病状を話してしまったんだ。絶対に、誰にも知られてはならん、と言った少佐殿の命令を破って、俺は倫子に少佐殿の余命まで話して聞かせたんだ。

俺は、誓って言うが、生涯、少佐殿の指示を破ったことは一度もない。それを破ったのは、この時だけだ。なぜかと言えば、少佐殿が間違った命令なんか出すはずがなかったからな。だから、これまでずっと少佐殿の言われることを守ってきた。それなのに、俺は、あの夜、初めて少佐殿の命令に背《そむ》いた。少佐殿を寂しく一人で逝かせるわけにはいかない、絶対にそんなことはさせないと、俺はそう考えた。そう考えたのは、ただの感情だけじゃあなかった。俺なりの計算があったんだ。倫子は可愛い子だが、しっかり者で、実は強い気性《きしょう》を持っている。しかも看護婦になることを目指していた娘《こ》だ。真実を聞かせても、それにたじろいだりせずに、敢然と立ち向かう強さがある、と俺はそう思った。つまり、悲しみはするだろうが、それに負けずに少佐殿を看護し、看取ってくれる、とそう思った。そして少佐殿の遺志を汲《く》んで本物の女優になる、本物のスターにのぼりつめる、俺はそう思って、倫子に懸けた。

　今で考えれば、博打《ばくち》だね。博打ではあったが、倫子を見てきて、俺はこの博打に勝てると思った。だが、その結果、俺は負けた。いや、読み違えたわけじゃあない。予想通り倫子は強かった。ただ、その強さが、俺の考えていた強さとは違っていたということだよ。倫子は、死ぬことなんか実は大したことではない、そんなことを恐れる必要はないのだと、そう少佐殿に示したくて先に逝った。いや、そんな決意を倫子から聞いたわけではない。ただ、そうだったのだろう、と思うだけだ。

　もう一つ、読み違えたのは、倫子の自分の人生に対する思いだった。倫子は少佐殿の夢をよく理解していなかったんだな。それは、倫子がスターというものに、母親のように執着を持っていなかったということだ。あの娘の心の中には少佐殿しかなかった。大女優になる夢も、大スターになるという夢も、倫子の胸にはなかったということだ。それが少佐殿の最後の夢だと、たとえ俺が話して聞かせても、たぶん聞く耳を持たなかっただろう。倫子は、そんな娘だったんだ。俺は倫子を理解していた気になっていたが、実は分かっていなかったんだろう。

　まあ、今になってそんな話をあんたに聞かせても、どうということもないだろう。それでも、この手紙を書いたのは、もう一つ、あんたに聞かせておきたいことがあるからだ。それは、倫子が死んでしまった後のことだ。富岡の家に浮浪者が忍び込んで失火したことは、杉田のおばちゃんから聞いているんじゃないかな。今だから言うが、あれは失火ではないんだ。少佐殿が火を点けた。そしてその時に、少佐殿は、あの初号のフィルムを家と共に焼いてしまった。そう、亡くなる前に、一度だけ病院を抜け出して富岡に行ったんだ。倫子の思い出をすべて燃やしてしまうためにな。

ここからが、この手紙の主旨だ。いいかね、少佐殿が焼き捨てた『スター誕生』のフィルムは、前にも話したが、あの夜、藤沢のスタジオで映写機に掛けた初号のフィルムだった。音も、音楽も、すべてが整った初号のフィルムは、実は一番最初に編集されたものではないんだよ。実は、その初号のフィルムの前に、ゼロ号というフィルムがあるんだ。いや、あんたの期待とは違って、そのゼロ号のフィルムもフィルムセンターなんかに保存されてはいない。どこのアーカイブにも保存はされていない。だが、そのゼロ号だけは、焼かれてはいないんだ。まだこの世のどこかに存在する。

そう、これからあんたはそれを見つける。いいかね、南比奈子がそいつを見つけるんだ。今は、そんな役目の者を映画探偵と言うらしいが、あんたはその映画探偵になるんだよ。そしてその『スター誕生』ゼロ号を観れば、あの時代、あの頃に、どんな映画ができていたのか、どんなスターが生まれようとしていたのか、そのすべてが分かる。同時に、たぶん、スクリーンの後ろに、倫子だけじゃあない、そんなスターを作り上げようとした上野重蔵という男の影も見えるはずだ。
情けないことに、ここまで書いたら手が疲れた。昔は、手紙を書くくらいでへばったりなんかしなかったんだが、やっぱり俺も爺いになったということかね。これじゃあ、女を口説くこともうできん。情けない。仕方がないから筆を置き、続きは明日にでも書くことにするよ。いや、あんたがまたここに来てくれれば、楽しい話がまだできるかもしれないね。疲れちまったから、少し眠ろう。ちょっとだけ、眠ることにする。ほんの、少しだけ。

岩佐靖男

11

フェニックス・プロの試写室はエレベーターホールのすぐ傍にあった。座席が三十ほどの小さな試写室だが、シートはリクライニングで豪華なものだった。その試写室はすでに半分ほどの席が埋まっている。フェニックス・プロの社員が七、八人ほどいたが、あとはみんな『スター誕生』撮影時の関係者だった。すでに鬼籍に入ってしまった監督の篠山亮介の遺族もいる。父親とは違い、映画界とはまったく関係のない企業に勤めているという子息が、監督の連れ合いだという老婦人を伴って座席に座っている。通路には車椅子でやって来た杉田あやの姿もあった。車椅子を押すのは彼女の娘の望月貴子だ。親子仲が悪いはずだが、今は母親が旧知の仲の町田節子と抱き合うようにして談笑しているのをにこにこと見守っている。

比奈子はそんな試写室の様子が見えるエレベーターホールで青野悦子が来るのを待っていた。

「私はね、津田倫子さんという人が嫌いなの」

と吉祥寺の喫茶店で口にした青野悦子が本当にここに来てくれるのか、その可能性は五十パーセント以下だと、そう思っていた。彼女は岩佐靖男の恋人であっただけで『スター誕生』の直接の関係者ではなかったからだ。しかも嫌いだとはっきり口にした津田倫子の映画を観たいと思うかどうか、疑問だった。不思議なことに岩佐と後に一緒になった町田節子に対して何のわだかまりも見せないのに、現実には岩佐とは関係を持たなかった津田倫子に、憎しみに近い感情を未だに胸に秘めていることに、比奈子は女の怖さを見せつけられた気がしていた。岩佐は最後に比奈子に遺した手紙で、肉体関係どころか恋情すらもなかったと、はっきり書いている。ただ、それが真実だったか、確かめることはできない。

岩佐が真実を最後まで隠したということだったのかもしれないのだ。比奈子は、どちらかと言えば、岩佐の手紙より、実は青野悦子の話のほうを信じていた。こんな時の女の勘は鋭い。青野悦子は比奈子が取材した人たちの中で、特別鋭い感性を持った女性に思えた。

「来ませんね」

と、比奈子に声を掛けて来たのは、そんな事情を知る広栄出版の中田史子だった。中田は、『スター誕生』の関係者を捜す際に、杉田あやの消息を摑んだ功労者だ。いつもは会社でもジーンズ姿の中田が、今日はきちんとスーツを着ている。フェニックス・プロの会長と話し込んでいる後藤に目をやり、比奈子はまた中田に視線を戻した。この子は後藤の秘書の役でも演じているのだろうか。後藤は広栄出版の役員だが、とは言え、たかが小さな出版社の役員に過ぎない。そんな後藤の秘書を演じているのかと思うと、微笑ましい。自分の上司をすこしでも偉く見せたいと思っているのかもしれない。ひょっとしたら、後藤を特別な存在と思っているのか……。

そんな中田史子を見て、若い人はいいな、と思う。周囲を気にせず、素直に自分の感情を見せてしまう若さ……。幼さなのかもしれないが、もう自分にはなくなってしまった若さだと思う。エレベーターの扉が開くたびに、比奈子は期待して青野悦子が現れるのを待ち続けた。

岩佐は最後の手紙で比奈子に映画探偵になるのがあんたのこれからの仕事だ、と書き遺したが、探偵の仕事は実は簡単なものだった。『スター誕生』のゼロ号のフィルムは時間をかけて捜し出すほどのこともなく、簡単に岩佐のアパートの押し入れから発見されたのだった。リール缶七つに納められていた『スター誕生』ゼロ号のフィルムは、劣悪な環境に置かれていたにもかかわらず、ほとんど傷《いた》んではいなかった。

通常この種の古いフィルムは劣化が激しいという。湿度が高ければ黴《かび》て傷み、日光に晒されれば縮んだりするものだと、比奈子は後にフィルムを修復する会社の技術者に教えられた。だが、あのボロアパートの押し入れに仕舞われていたフィルムは奇跡的にほとんど無傷だったのだ。それでも修復は必要で、比奈子はフェニックス・プロの会長である木下の力を借りて、国立映画アーカイブに修復を依頼した。

通常は修復でデジタル化するのを、費用の節約だけでなく、当時の雰囲気をそのまま遺したいと、比奈子は原板と同じ三十五ミリのフィルムとして修復を依頼した。費用は比奈子一人で預金をはたいて工面した。フェニックス・プロの木下会長と広栄出版の後藤の二人がその費用を出すと言ってくれたが、比奈子はそれを断った。その理由は、死んだ岩佐がそのフィルムと、あのアパートの箪笥の上にあった上野重蔵、津田倫子の二つの遺影を比奈子に形見として遺してくれたからだった。

まだ意思表示ができる時に、岩佐は手紙とは別に遺書を一つ残していた。その遺書の中に、比奈子が希望するものがあったら受け取ってもらいたいと書き遺されていたのだった。もっとも、岩佐が遺したものはそう多くはなかった。葬式のために使えと言い残した預金通帳にはもう五十万ほどしか残高がなかった。町田節子は笑って、そんな現実を岩佐らしいと言った。女を作り、別れるたびにありったけのお金をその女性に渡してきたのだから、預金なんか残っているはずがないものね、と、これが彼女の感想だった。

比奈子は、一度だけ、その修復された『スター誕生』を公開しようと思っていた。当時の関係者だけの試写会を開く。それが岩佐の遺志だったように思えたからだ。そして、その実現までに六ヵ月かかった。その代わり、たった一度の公開……。その後はもう公開はしないという条件で、復元された『スター誕生』は相続人の比奈子から国立映画アーカイブに寄贈されることになっている。

「ありがと、あんたのお陰ね」

と真っ先に泣いて喜んでくれたのは、逗子の老人ホームでその話を町田節子から知らされた杉田あやだった。

「あんたが動いてくれたから、あの映画を本当にもう一度観ることができるのよね」

杉田は比奈子に掛けてきた電話でそう言って泣いた。もちろん喜んでくれた人たちは他にも大勢いた。

「関係者なら、他の人たちに観せても構わないのよね」

と訊く杉田あやに、比奈子は構わない、と答えた。たった一度だけの試写会なのだ。できれば、関係者全員に観てもらいたい。

町田節子や杉田あやたちが懸命に当時の関係者の行方を捜し、『スター誕生』の試写が実現されることを伝えてくれた。撮影時の関係者は予想した通り、ほとんどの人が亡くなっていた。それでも当時スクリプターをしていた吉松律子《よしまつりつこ》という女性や、チーフ助監督を務めた梶行雄などが付き添いもなしで、杖《つえ》を突きながら来てくれた。

「そろそろ始めるそうです」

とフェニックス・プロの若い社員が、比奈子のもとに上映の開始を告げにきた。

「分かりました」

そう答える比奈子に、隣の中田が嬉しそうに言った。

「来られましたよ」

ちょうど開いたエレベーターの扉から現れたのは、今は青野悦子になっている岡田悦子だった。

「来て下さったんですね……お待ちしていました」

と、比奈子はそう言って頭を下げた。

「遅くなってごめんなさい。六本木って、あんまり変わっていて迷子になったの。私を待っていてくれたの？」

「ええ、それが岩佐先生のご希望でしたから」

もちろん岩佐はそんな遺言など遺さなかった。ただ、そんな言葉で、この老婦人の心の傷をわずかでも癒《い》やせれば、とそう思った。

「ありがとう、本当にごめんなさい、皆さんを待たせてしまったみたい」

そう言う青野悦子の腕を取るように、比奈子は中田と一緒に試写室に入った。二人に気付いた町田節子が、何のわだかまりもない笑顔で手を振る。気の好《よ》い人柄がその笑顔によく表れていた。青野悦子もそれに気付き、笑顔で頭を下げる。まるで学校の同窓会のように、お年寄りたちが再会を喜んでいるようだ。

中田が用意してくれた座席に、比奈子は青野悦子と並んで座った。

試写室の明かりが少しずつ暗くなっていく。話し声がやみ、それほど大きくないスクリーンだけが明るくなる。実際は何も聞こえないのだが、比奈子の耳に、映写機が廻り始める音が聞こえてくる気がした。試写室が暗くなった。スクリーンの画面一杯に現れたのはお下げ髪の少女の顔のアップだ。可愛い八重歯《やえば》を覗かせて、微笑んでいる。スクリーンの画面の顔は当然黒と白だ。黒と白だけのスクリーン。映画が不思議なのはここだ。黒と白の世界は現実とは違う。虚構なのに、それは現実に見える。

光のあやかし……。そんなあやかしに、何の違和感も覚えない。フェイドアウト……。少しずつ少女の顔が消えていく……。そしてフェイドイン。別の顔が現れる。同じ少女が……まったく別の顔に変わっている。だんだん濃くなる画面は突然カラーに変わる……。そこに映るのは八重歯の愛らしい少女ではなく、女だ……。微笑む顔は、もうあどけなくはない。生きることに自信を持った大人の顔だ。

隣に座る青野悦子が微かな声で、「綺麗……」と呟く。

津田倫子の顔が画面いっぱいに広がり、初めて音楽と同時にタイトルが現れる。その瞬間、間違いなく津田倫子はタイトルと同じ存在になった。

『スター誕生』……。それは、紛《まぎ》れもなく津田倫子がスターとして誕生した瞬間なのだった。

あとがき

本書は二〇二〇年十一月に四六判で出版した『ピグマリオンの涙』の文庫判である。タイトルの「ピグマリオン」が分かりにくいということで、『あのときの君を』と改題された。作者によっては文庫化に際してかなりの部分を書き直したりすることもあるそうだが、本書にそれほどの変更はない。わずかに軸を変えたくらいだ。

今回、文庫判を出すにあたり、出版社から二つの要望があった。タイトルの変更、末尾に作者の解説を、というものであった。どちらの要望も即答しづらいものだった。その昔、やはり版元の要望で新書判から文庫判に変更して再出版する際にタイトルも変更し、その為に読者から「同じ本を買ってしまった」とお叱りをうけたことがあったからだ。『ピグマリオンの涙』という題名も内容を読んでいただければわかるように、作者としても気に入っていたものだった。それでも改題を了承したのは、分かりやすいタイトルで読者を少しでも増やせるかもしれない、という担当編集者のせつない進言があったからである。せつないのは担当者だけでなく作者も同じだ。と、まあ、こんな事情で改題をした。読者諸氏にまずこのことをお詫《わ》びし、ご理解いただきたい。

作家にもいろいろあって、それぞれ事情も違うのだろうが、書くのが職業になれば、好きなものばかり書いていられるものではなくなる。超売れっ子になれば自分の好きなものを好きな時に書けるのだろうが、超がつかない職業作家は注文されたものをなるべく短期間で書き上げなければならない、という宿命を背負う。なにせ書くことで生活しているのだから贅沢《ぜいたく》は言えないのだ。そんな人生を選んでしまった手前、ひたすら書き続けなければならない。徹夜で書き続けることなど日常で、小生も、三十分寝ては目覚ましで起き、また堪《たま》らずに三十分だけ寝て書き続ける、などという日々を送った。もちろん注文の作品の中にも自分が望んで書いたものもあるが、決して多くはなかった。

こうしてさまざまな小説を書いてきたが……七十五歳を過ぎた途端、歳を取ったからか注文がぱったり途絶えた。書籍、とくに文芸の売り上げが落ちたという出版界の背景もあったのだろうが、とにかく注文がなくなった。やれやれ楽になった、という思いがある反面、おいおい、という思いもあった。小説を書いて食っているのだから注文がなくなれば物書きとしては終わりだ。七十五歳なのだから、もういいだろう、という気持ちはなかった。それならば好きなもの、注文ではなく、本当に自分が読みたいと思うものを書いてやろう、と思った。まずこれが本書を書こうと決めた動機である。

それでは一体どんなものが書きたかったのだろうか。すぐに頭に浮かんだのが、恋愛小説だった。小生、デビューの頃はそんな題材のものが多かったのだ。そうだ、自分が愛した映画の世界を題材にしよう、と思った。小生の前職は、映画会社のサラリーマンである。ただ漠然と映画会社に入ったわけではない。子供の頃からの映画ファンで、言ってみればあの『ニュー・シネマ・パラダイス』の主人公のような少年だったのだ。姉は映画女優、義兄が映画監督と映画カメラマン、という映画一家であったから、大人になって映画界に飛び込むのは必然であったと思う。そんな人生であったから、いつかは映画界の話を書こうと思っていたのだ。

類《たぐい》まれな美貌《びぼう》の少女を愛し、映画スターに育て上げようとする二人の男を描こう。舞台は小生が前半生を生きた映画界、場所は小生が生まれ育った東京の下北沢《しもきたざわ》、時代背景は終戦直後から現代まで……。難しいのは単なる男女の恋愛を描くのとは違って、二人の漢《おとこ》を描くことだった。少女を愛するライバルではなく、男同士の愛情を描こう……同性愛ではむろんなく、単なる友情でもない特別な絆《きずな》……漢と漢との他人が割ってはいれない間柄。そんな思いで書き上げたものが本書だが、はたしてこの漢と漢、上手《うま》く書けただろうか。思い起こせば、これまで小生、数多くのヤクザ小説を乞《こ》われるままに書いてきたが、そんなヤクザ小説もやはり、みんな漢が漢を思う話だったような気がする。

もう少し映画の話を続けさせてもらおう。小生が映画界に身を置くようになったのは昭和三十年代後半である。この頃の映画界は、陰りは見えていたがまだまだ隆盛だった。黒《くろ》澤明《さわあきら》作品は当たりに当たり、社長シリーズも若大将シリーズも客で満員になった。撮影所は夢の生産工場の面目《めんもく》をまだ保ち、映画界は老いつつもまだまだライオンのように娯楽の王者として君臨していたのだ。

そんな時代に映画会社に入社した小生は、そろそろ伸び始めたテレビの企画の仕事に就《つ》いていた。二十年ほどそんな仕事に携わっている間に世の中は激変する。小生が企画部長、芸能部長として配属になった撮影所は、もう夢の製作工場ではなくなっていたのだ。娯楽の王者であった映画の隆盛はいつのまにかテレビにとって代わられ、撮影所には閑古《かんこ》鳥《どり》が鳴いていた。経営に苦しくなった映画各社はどこもまず製作本数を減らした。小生が勤める会社も同じで、製作本数は激減した。作れば作るほど赤字が増え、会社本体の業績を圧迫するようになってしまったのだ。

撮影所に派遣され驚いたのは、そこで働く人たちのゾンビ化だった。そんな事態になっても当時の撮影所にはまだ多くのスタッフが働いていたが、前述したように製作本数の激減で、仕事のないスタッフが生まれてしまったのだ。給金は出て生活に困窮《こんきゅう》することはないが、それでも仕事がないという生活もまた辛《つら》いものだ。一応給料は出るのだから、会社には出て来る。出ては来るが、肝心の仕事がない。仕方がないから自分の車を洗ったりして帰宅する。こんなスタッフたちの表情を見るのがたまらなく辛かった。

この窮状を立て直す仕事こそ企画の役割だった。観客を取り戻す。だが、これは至難の業《わざ》だった。製作すればするだけ赤字が増える中で立てる企画は、貧すれば鈍するを地で行くものになる。企画の本質である、面白くて良いものを、という基本が吹っ飛び、とにかく赤字を出さない企画、付加価値のある企画、というものに向かうようになるのだ。企画部署の力がなくなり、営業部門の発言力が大きくなる企画会議。そもそも会議で決められた企画などに魅力があるはずもない。

テレビで売れているタレントを引っ張り出せば映画館にも来てくれるのではないか、とタレント事務所に平身低頭して若いタレントのスケジュールを必死で押さえ、これなら何とかなると他産業の企業や宗教団体とタイアップする……。そんなふうにして作った映画も満員にはならず、映画産業は奈落の底に向かってすべり落ちていく。それでも映画を愛してやまない仲間は多くいて、誰もがこの地獄のような中で必死に働いた。

そんな小生だが、このサラリーマン生活を二十数年で辞めている。一度しかない人生、これまでと違った生き方をしたいと思った。行く先はハリウッドである。ドカーンと一発、日米合作映画でも作ってやろう、というこの思惑は失敗した。三十年もの長い年月をアメリカで過ごしながら、一本の映画も作れずに七十五歳で日本に戻ることになってしまったのである。

これは小生だけではなく、ハリウッド周辺にはそんな夢に挑戦し、敗れた日本人が死屍《しし》累々《るいるい》。小生はその間、小説家に化《ば》けて死ぬのを免《まぬが》れた幸運な一人と言えるかも知れないのだ。

あれやこれやと長くなったが、こうしてこの歳になって書き上げた本書、出来るなら、あの時代、ともに映画を愛し苦闘した仲間たちに読んでもらえたら、と願う。書き上げたドラマは小生の苦闘の時代より以前、まだ映画界が光り輝いていた時代の話。あの頃の時代の空気と、かつての下北沢の姿を、本書で残せたらとも思う。お気づきになった方もおられることと思うが、本書は二〇一八年現在の話——再開発中の下北沢から始まる物語である。

そして最後にもうひとつ。それは家内に対する思いだ。小生に渡米の自由を与え、戦後からのあの時代、青春と苦闘の時代をともに歩いてくれた家内に読んで欲しい。これはハリウッドで作ることが出来なかった映画の代わりに贈る小生の映画作品、そしてラブレターなのだ。

阿木慎太郎

【主要参考文献】

『映画探偵――失われた戦前日本映画を捜して』高槻真樹／河出書房新社
『甘粕正彦　乱心の曠野』佐野眞一／新潮文庫
『少年飛行兵「飛燕」戦闘機隊――弱冠15歳パイロットの青春譜』三浦泉／光人社ＮＦ文庫
『ひこうぐも――撃墜王小林照彦陸軍少佐の航跡』小林千恵子／光人社ＮＦ文庫
『撃墜王は生きている！』井上和彦／小学館文庫

（この作品は令和二年十一月、小社より『ピグマリオンの涙』と題し四六判で刊行されたものを改題し、文庫化に際し、著者が加筆・修正を加えたものです。本書はフィクションであり、登場する人物、および団体名は、実在するものといっさい関係ありません）

あのときの君を

一〇〇字書評

切・り・取・り・線

購買動機（新聞、雑誌名を記入するか、あるいは○をつけてください）

□（　　　　　　　　）の広告を見て	
□（　　　　　　　　）の書評を見て	
□ 知人のすすめで	□ タイトルに惹かれて
□ カバーが良かったから	□ 内容が面白そうだから
□ 好きな作家だから	□ 好きな分野の本だから

・最近、最も感銘を受けた作品名をお書き下さい

・あなたのお好きな作家名をお書き下さい

・その他、ご要望がありましたらお書き下さい

住所	〒				
氏名		職業		年齢	
Eメール	※携帯には配信できません		新刊情報等のメール配信を 希望する・しない		

この本の感想を、編集部までお寄せいただけたらありがたく存じます。今後の企画の参考にさせていただきます。Eメールでも結構です。

いただいた「一〇〇字書評」は、新聞・雑誌等に紹介させていただくことがあります。その場合はお礼として特製図書カードを差し上げます。

前ページの原稿用紙に書評をお書きの上、切り取り、左記までお送り下さい。宛先の住所は不要です。

なお、ご記入いただいたお名前、ご住所等は、書評紹介の事前了解、謝礼のお届けのためだけに利用し、そのほかの目的のために利用することはありません。

〒一〇一－八七〇一
祥伝社文庫編集長　清水寿明
電話　〇三（三二六五）二〇八〇

祥伝社ホームページの「ブックレビュー」からも、書き込めます。
www.shodensha.co.jp/bookreview

祥伝社文庫

あのときの君《きみ》を

令和 6 年 4 月 20 日　初版第 1 刷発行

著　者　阿木慎太郎《あぎしんたろう》
発行者　辻　浩明
発行所　祥伝社《しょうでんしゃ》
東京都千代田区神田神保町 3-3
〒101-8701
電話　03（3265）2081（販売部）
電話　03（3265）2080（編集部）
電話　03（3265）3622（業務部）
www.shodensha.co.jp
印刷所　堀内印刷
製本所　積信堂
カバーフォーマットデザイン　芥 陽子

Printed in Japan ©2024, Shintaro Agi ISBN978-4-396-35044-4 C0193

祥伝社文庫　今月の新刊

阿木慎太郎
あのときの君を

昭和三十六年、一人の少女を銀幕のスターにしようと夢見た男たちがいた。邦画史上、存在しないはずの映画をめぐる、愛と絆の物語。

佐倉ユミ
ひとつ舟
鳴神《なるかみ》黒衣《くろご》後見録

見習い黒衣の狸八は、肝心な場面でしくじる。裏方として「鳴神座」を支える中で見つけた進むべき道は……。好評シリーズ第二弾！

辻堂　魁
うつ蟬《せみ》
風の市兵衛　弐

輿入れした大身旗本は破綻寸前。嵌められた花嫁を、愛する人々を、市兵衛は護れるか。虚飾にまみれた名門の奸計を斬る！

小杉健治
忘れえぬ
風烈廻り与力・青柳剣一郎

十五年前、仲むつまじい蕎麦屋の夫婦が殺された。大切な人の命を奪われた者たちは――。剣一郎は新たな悲劇を食い止められるか？